Eduard Habsburg
Lena in Waldersbach

Eduard Habsburg

Lena in Waldersbach

C. H. Beck

© Verlag CH. Beck oHG, München 2012
Satz: Fotosatz Amann, Aichstetten
Druck und Bindung: Pustet, Regensburg
Umschlagentwurf: Geviert – Büro für Kommunikationsdesign,
München, Christian Otto
Umschlagabbildung: Frau an der Decke, flickr/Lissy Elle Laricchia
Gedruckt auf säurefreiem, altersbeständigem Papier
(hergstellt aus chlorfrei gebleichtem Zellstoff)
Printed in Germany
978 3 406 64494 8

www.beck.de

1.

Den 20. ging Lena durchs Gebirg. Auch wenn man schwerlich vom Gebirg sprechen konnte, es waren mehr rollende Hügel. Eigentlich enttäuschend für Lena, denn sie hatte sich die Landschaft beim Lesen immer ganz anders ausgemalt: Keine Gipfel, keine hohen Bergflächen, kein Schnee hier in den Vogesen, dafür immerhin, das musste sie zugeben, die Täler hinunter graues Gestein, grüne Flächen, Felsen und Tannen.

Es war auch Mai und nicht Januar, daran konnte man nichts ändern, daher war es auch nicht wirklich nasskalt; doch zogen am Himmel graue Wolken. Langsam spürte sie Müdigkeit. Kein Wunder, seit halb sechs war sie auf und seit zwei Uhr nachmittags ununterbrochen am Wandern – seit sie in Fouday aus dem Zug gestiegen war. Weil Lena sonst nie weitere Strecken lief, schmerzten ihre Füße in den ungewohnten Wanderstiefeln, der Riemen des Rucksacks schnitt in die Schultern. Aber eine Weile musste sie noch gehen. Denn sie wusste, genau bei Einbruch der Dunkelheit musste sie Belmont erreicht haben, nicht früher, nicht später, von da würde es noch eine halbe Stunde auf Waldersbach sein.

Sie spürte ein Ziehen in der Brust; sie vermisste das

Internet, ihr Facebook, die SMSen, alle ihre Zeitvertreibe, mit denen sie bis gestern Abend ihre Tage gefüllt hatte. Das machte sie nervös. Es war wirklich das erste Mal seit Jahren, dass sie nicht mit dem Netz, dem Äther verbunden war; sie fühlte sich abgekappt, und ihre Hand tastete immer wieder unbewusst nach dem Handy in der Tasche. Da war nichts, außer dem kleinen Notizbuch, in das sie in den letzten Stunden zuweilen Einträge gemacht hatte, und dem abgegriffenen Reclam-Heftchen. Sitzen und schreiben, das hatte sie auch noch nie so gemacht, wie fremd fühlte sich das alles an, hier, in der Einöde. Sie sehnte sich nach der Kühle der Nokia-Plastikverschalung, nach dem beruhigenden knackenden Klappern, wenn ihr Daumen über die Tasten flog. Sie hätte viel gegeben für ein einziges SMS von ihren Klassenkameraden... Aber ihr Handy lag ausgeschaltet zu Hause, und die anderen, Grete und Lisa und so, die saßen jetzt beim Abendessen und wunderten sich, dass sie nicht zurückschrieb.

Sie würde nicht zurückschreiben, denn Lena war verschwunden. Wer weiß, wie lang. Man konnte sie nicht einmal mehr orten, ohne GPS; und wenn sie herausfanden, was geschehen war, dann wusste wirklich keiner, wo sie war. Im Gebirg und aus der Welt. Verloren in den Vogesen, an den waldigen Hängen des Champ du Feu. Nebelschwaden hingen jetzt zwischen den Bäumen des alten eisgrauen Waldes, bedrängend fremd und unmittelbar, und zweimal hatte die Angst sie gewürgt, der Wahnsinn ihrer Reise; sie hatte sich vornüber beugen müssen, als ob sie erbrechen müsste, war das ein beschissenes Gefühl. Aber es waren nur Augenblicke; und dann erhob sie sich nüchtern, fest, ruhig, als wäre ein Schattenspiel vor ihr vorübergezogen. Es musste sein. Es musste jetzt sein.

Gegen Abend kam sie auf eine Hügelkuppe, von wo man wieder hinabstieg in die Ebene nach Westen. Sie legte ihren Rucksack ab und setzte sich hin. Eine Weile kaute sie an ihren Fingernägeln, dann packte sie ihre letzte halbe Wurstsemmel aus. Es war ganz still, bis auf einen hohlen Wind, der Blick ging über grauer werdende Hügel und Hochebenen; es wurde ihr entsetzlich einsam; sie war allein, ganz allein. Es war zum Heulen, hätte sie doch das Handy mitgenommen, nur so zur Sicherheit, ganz unten im Rucksack, nur um zu wissen, dass sie noch lebte. Sie verfluchte sich, ein Zittern überkam sie, eine namenlose Angst fasste Lena in diesem Nichts! Sie riss sich auf und flog den Abhang hinunter.

Es war dämmeriger geworden, Himmel und Erde verschwammen in eins. Hoch über ihr zog ein silberner Düsenjäger seine Spur durch den Äther. Endlich trat sie aus dem Wald, kam auf eine Teerstraße, die von Barr kommende vermutlich, hörte Stimmen, sah Lichter. Ein Renault schälte sich aus der Dämmerung, rauschte an ihr vorbei und beleuchtete sie kurz, es wurde ihr leichter. Belmont lag im Zwielicht da, und ja, das wirkte wirklich altmodisch, ein hübsches altes Kirchlein sogar, sie erkannte es gleich. Man sagte ihr, sie hätte noch eine halbe Stunde nach Waldersbach. Auch das wusste sie bereits. Lena hatte viel Zeit vor Google Earth und Google Maps und im Internet verbracht, hatte die Landschaft genau studiert, die Entfernungen gemessen. Es konnte wenig Überraschungen geben für sie.

Nun ging sie durch das Dorf im Zwielicht, schmeckte Rauch in der Luft, aber keine Lichter schienen durch die Fenster, weil die meisten Häuser keine Fenster auf die Straße hatten; sie sah im Vorbeigehen einen kleinen Jungen durch eine Dachluke im Oberstock linsen, zweimal wurde sie von Hunden angebellt, dann lag Belmont auch schon hinter ihr, und sie bog auf die Route de Champ du Feu ein, einen Waldweg hinab ins Tal. Im letzten Licht verschwanden Weg, Bäume und Himmel, so dass das Knirschen des Wegs unter ihren Wanderschuhen die einzige Sicherheit war. Dann wurde es finster. Als sie so dahin ging, von kühlem harzigen Fichtenduft umweht, als ihre Haut schmolz und sie nicht mehr wusste, wo sie endete und die Dunkelheit begann, da stellte sie sich kurz vor, wie sie gestern Abend noch mit zwei Freundinnen bei McDonalds an der Hauptwache einen Fischmäc und Chicken McNuggets gegessen hatte. Sie hatte ihr Handy die ganze Zeit in der Hand gehalten während des Essens, hatte SMS geschrieben und getwittert und kurz auf Facebook nachgesehen, während sie zugleich mit Grete und Lisa geredet hatte und die gleichzeitig auf ihren Handys herumgetippt hatten... Wieder glitt ihre Hand in die Hosentasche ihrer Jeans, wie schon so oft in den letzten Stunden, suchte nach dem Handy und fand nichts, und es gab ihr einen kleinen Stich. Nur das verhasste, gelbliche, zerfledderte Heft, das sie über und über mit Randnotizen vollgekritzelt hatte. Rasch zog sie ihre Hand zurück und ballte die Faust im Dunkeln. Ja, gestern Abend war alles ganz normal gewesen, so viel war seitdem geschehen, und ihr wurde kurz etwas schwindelig zumute. Natürlich war sie hundemüde, ganz in der Früh einen Zug in Frankfurt Hauptbahnhof nehmen und dann stundenlang nach Straßburg fahren, dann umsteigen und weiterrollen in ein kleines gottverlassenes Kaff namens Fouday mitten in den französischen Vogesen, das war beileibe nicht ihr übliches Tagesprogramm. Und seitdem war sie praktisch nur gegangen, kreuz und quer durch das Steintal, durch all die Orte, die sie kannte und doch nicht kannte, hinauf auf das Gebirg und kreuz und quer über das Gebirg, mit wenig Ruhepausen. Kein Wunder, dass sie zum Umfallen erschöpft war und eigentlich nur noch weinen wollte, aber die größte Prüfung stand ihr ja noch bevor.

Da glitten die Bäume zurück. Nach etwas über einer halben Stunde in zunehmender Dunkelheit war der Pfad jetzt eben, und sie erreichte Waldersbach, durchquerte die menschenleeren Straßen, kam an der Kirche vorbei, die wie ein dunkler Schatten rechts von ihr aufragte und einen Teil der Sterne verdeckte, fand im Licht der Straßenlaternen auch gleich zum Pfarrhause, 48 Montée Oberlin, einem alten Haus mit großem Ziegeldach und herrschaftlichen Fenstern, welche im Erdgeschoss mit weißen Eisenstangen vergittert waren. Sie hatte es ja schon am Tag gesehen. Die Lichter im Erdgeschoss sagten ihr, dass der Pfarrer und seine Familie zu Hause waren, ja, sie glaubte sogar an den Bewegungen im Küchenfenster zu erkennen, dass sie eben beim Abendessen saßen. Sie setzte den Rucksack ab, ordnete kurz die wuscheligen und verschwitzten Haare, schaute herab auf ihre schmutzigen Wanderstiefel, aber da war nichts zu machen, atmete tief durch, drückte schließlich auf den Klingelknopf rechts neben der braunen Holztüre, über der in rotem Sandstein «C.L. 1787» eingegraben war. Während sie dem melodischen Schellen in der Eingangshalle lauschte und im Haus eine Türe ging, wiederholte sie im Kopf ihre dürftige Geschichte. Es kam alles auf den ersten Eindruck an, und wenn sie ehrlich war, standen ihre Aussichten schlecht. Peinlich schlecht sogar.

Die Türe schwang auf, im warmen Lichte des Flurs stand eine herbe, schöne Frau, die sie betrachtete und sich dabei die Hände an der Schürze abwischte.

«Ja?»

Lena verneigte sich ein wenig und frug höflich, ob sie zum Pastor Schaeffel könne. Jetzt?, wollte Frau Pastor erstaunt wissen und blickte über das schmale, strubbelhaarige Mädchen mit dem Rucksack hinweg in die Dunkelheit, so als müsse sie sich vergewissern, dass es wirklich schon so spät sei. Sie habe dem Herrn Pastor gemailt, sagte Lena, er wisse Bescheid, und sie könne wirklich alles erklären. Da ließ Madame Schaeffel sie ein.

Im Flur mit seinen alten dunklen Landschaftsaquarellen, auf dem Weg in die gemütliche Wohnküche rechterhand, hielt Lena kurz inne: sie hörte ein Rascheln, dort, wo die vor ihnen liegende Treppe im Oberstock verschwand. Ihr war, als werde sie von dort beobachtet, sie glaubte, eine Bewegung erspäht zu haben. Dann sah sie, dass Frau Schaeffel ihr einen sonderbaren Blick zuwarf. Ihr Herz klopfte wild, denn die erste Hürde hatte sie zwar genommen, doch nun hieß es den Pastor gewinnen.

Man saß am Tische, sie hinein; Schaeffel, ein bärtiger Mann mit buschigen Augenbrauen und Händen wie

Schaufeln, blickte von der Suppe auf: «Willkommen, kennen wir uns?» Lena ermaß den Raum mit einem Blick, es war heimelig, einladend, in der Ecke stand eine Wiege, in der ein Baby schlief. An der Wand hing ein Fernseher, in dem die französischen Nachrichten liefen, tonlos. Daneben ein Kreuz, worunter einige Kräuter gestopft waren.

«Ich heiße Lena.»

«Natürlich! Habe ich nicht vor einer Weile ein E-Mail bekommen von Ihnen?»

Lena nickte erleichtert. «Es geht um Lenz und Oberlin...» «...die leben beide schon lange nicht mehr hier», lachte Schaeffel augenzwinkernd dazwischen, dann wurde er ernst, als er den Blick seiner Frau sah. «Sie sehen müde aus, Frau Lena. Einen Teller Suppe?»

Erst als Lena den Rucksack zu Boden gleiten ließ und sich auf die Bank setzte, merkte sie, wie hundemüde sie war. Sie ließ sich mit einem dankbaren Lächeln Suppe einfüllen, begann hungrig zu löffeln. Nach und nach ließ ihr Herzklopfen nach, sie wurde ruhig – das heimliche Zimmer und die stillen Gesichter, die aus dem Schatten hervortraten: das helle Kindergesicht in der Wiege, auf dem alles Licht zu ruhen schien. Alles das wirkte unendlich besänftigend auf sie, eine wonnige Ruhe bemächtigte sich ihrer. Urplötzlich vermisste sie nicht ihr Handy, sehnte sich nicht nach Facebook und Internet; sie war endlich angekommen. Nun würde sie bleiben, bis alles wieder gut wäre. Und Schaeffel fragte auch gar nicht nach, warum das Mädchen, das ihm vor einigen Wochen wegen Informationen zu Oberlin gemailt hatte, warum dieses Mädchen urplötzlich an einem Abend im Mai völlig erschöpft und verschwitzt auf seiner Türschwelle stand. Er war also *diese Art* von Pastor, er ahnte, dass da ein *Problem* war und dass man Fragen auch am nächsten Tag stellen konnte. Er strich sich nur durch den Bart und ließ sich ihre Wanderungen beschreiben, seit sie mittags mit dem Zug in Fouday angekommen war, vom Bahnhof über das Steintal nach Waldersbach, dann hinaus in die Berge in Richtung der Höhen von Champ du Feu; er schüttelte den Kopf über die schlechte Beschilderung an einer Stelle, wies sie auf eine Abkürzung woanders hin, die sie übersehen hatte, er drehte und wendete Lenas speckige, abgegriffene Reclam-Ausgabe des Lenz zwischen seinen mächtigen Fingern, blätterte durch die Seiten, welche vollgekritzelt waren mit Randnotizen, ließ sich Lenas Plan erläutern, nämlich zu beweisen, dass Georg Büchner Waldersbach aus eigener Anschauung gekannt habe, als er den Lenz schrieb, und fragte doch nie weiter als nötig. Und auch die Pastorengattin schwieg und schöpfte ungefragt Suppe nach und warf ihr nur zuweilen einen so mütterlich-besorgten Blick zu, dass es ihr weich ums Herz wurde.

Später meinte Schaeffel, man könne ja morgen weiter reden und zum Beispiel gemeinsam das Musée Oberlin besuchen, und auch die Kirche, in welcher Lenz gepredigt; sie könne derweil oben schlafen, denn das Schulhaus sei ja heutzutage viel zu ungastlich. Und seine Frau begleitete Lena die knarzende Treppe hinauf in den ersten Stock, wo mehrere Zimmer lagen. Sie trug ihr den Rucksack hinterher, führte sie in ihre Kammer und wies ihr das Badezimmer daneben, ja sie legte ihr sogar ein altmodisches Nachthemd mit Spitzenkragen bereit. Lena musste nicht einmal ihren Schlafsack verwenden, denn das Bett in der schlichten Kammer war frisch mit kühlem, gestärktem Leinen überzogen, welches sich seltsam hart und doch vertraut an ihren nackten Beinen anfühlte, als Lena, nur in Shorts und T-Shirt, hineinschlüpfte. Ihr Blick wanderte zu dem Rucksack in der Ecke, zu dem Porträt einer älteren Dame an der Wand, welches sie streng anblickte, dem schlichten Stuhl und dem Tisch, auf dem eine schwarzgebundene Bibel mit bunten Merkbändern lag, und zum Fenster, durch das die Sterne hereinblinkten. Aber all das nahm sie kaum noch wahr, weil sie in der nächsten Sekunde eingeschlafen war...

...und erwachte mit einem Schlag. Ihr Schlafzimmer, eben noch heimelig und bergend, war jetzt kalt und weit und leer, wie hatte sie das nicht bemerken können? Sie suchte nach Trost, aber die Küche im Pfarrhause mit ihren Lichtern und lieben Gesichtern, es war ihr wie ein Schatten, ein Traum, und es wurde ihr leer, wieder wie vorhin auf dem Berg; aber sie konnte es mit nichts mehr ausfüllen, das Licht war erloschen, die Finsternis verschlang alles.

Eine unnennbare Angst erfasste Lena. Sie sprang auf, sie lief barfuß durchs Zimmer, bis sie innehielt. War da nicht ein Geräusch in der nächtlichen Stille? Es schien von jenseits der Türe zu kommen, vom Gang, wo die verschlossenen Kammern lagen. Lena schlich zur Türe und presste ihr Ohr an das dunkle Holz. Sie hörte so etwas wie ein *Brummen*, das sie mit nichts als mit dem Tone einer *Haberpfeife* zu vergleichen wusste – obwohl sie keine Ahnung hatte, was eine Haberpfeife war, erhob sich dieses Wort in ihrem Kopf selbstbewusst, ebenso sicher, wie dass sie an den Oberschenkeln eine Gänsehaut hatte von der Kälte des Raumes und dass sich ihre nackten Zehen gegen die harten Bohlen des Holzbodens pressten. *Haberpfeife*, dachte sie, es gibt kein besseres Wort für dieses hohle Brummen. *Haberpfeife Haberpfeife*. Dann war es ihr, als wandle sich das Brummen in ein Winseln, mit hohler, fürchterlicher, verzweifelnder Stimme. Jetzt polterte etwas, und eine Türe wurde draußen im Gang geöffnet.

Lena hatte ihre Hand auf ihrer eigenen altmodischen, metallenen Türklinke, ihr Herz schlug bis zum Zerspringen in der Brust, aber sie wagte es nicht, den Griff herunter zu drücken. Dann draußen Schritte die Treppe hinunter, begleitet von dem elenden Winseln, und zugleich löste sich Lena aus ihrer Angststarre und hastete zum Fenster hinüber, denn sie wusste, es ging auf den Platz vor dem Pfarrhaus, und sie wusste auch, dort stand der *Brunnenstein*, jener altmodische Steinzuber, der mit Wasser gefüllt war; sie hatte ihn gestern Abend übersehen oder doch wahrgenommen, als sie vor der Türe gestanden war. Der Pfarrhausvorplatz lag im Dämmerschein, doch nun hörte sie ein lautes Platschen und Patschen, eine Gestalt wälzte sich im Brunnentrog, es war ihr, als schlüge das Wasser eiskalt um ihre eigenen Glieder, dränge durch ihr eigenes T-Shirt, sie sah Herrn und Frau Oberlin hinauseilen und sich mit der Gestalt im steinernen Trog abmühen, sie tropfnass herausholen und sie, in ein großes Handtuch gewickelt, ins Haus zurückbringen. *Offenbar geschah dies nicht das erste Mal*, dachte Lena taub, *denn warum wären die beiden sonst mit einem Handtuch herausgekommen?* Am Vorplatz blieben hernach nur noch große nasse Pfützen zurück und nasse Fußabdrücke, die das Licht der Sterne widerspiegelten. Lena fror plötzlich erbärmlich, und obgleich sie wusste, dass sie jetzt die Türe öffnen musste, um den Fremden zu sehen, welchen der Pastor die Treppe heraufführte, war ihre Müdigkeit doch viel zu mächtig. Frierend und zitternd vor Schwäche tastete sie sich bis zu ihrem Bett zurück und sank unter die Decken, und diesmal schlief sie tief und traumlos.

2.

Als Lena erwachte, schien ihr die Sonne auf die Decke, und sie war erfrischt und voll Zuversicht. Sie setzte sich im Bett auf und wollte eben aufstehen, als sie merkte, dass sie das altmodische Nachthemd trug, welches Mme Oberlin ihr bereitgelegt hatte. Ihre Gedanken kamen erst langsam in Fahrt, und so brauchte es eine ganze Weile, bis sie rekonstruiert hatte, dass sie gestern in Shorts und T-Shirt schlafengegangen war. Doch so weit sie sich auch umblickte, so wenig konnte sie diese Kleider im Zimmer sehen. Wann hatte sie sich heute Nacht umgezogen? Und wo hatte sie T-Shirt und Shorts hingetan? Ja, hatte sie es selber getan oder Frau Schaeffel? Oder – aber den Gedanken blockte sie sofort wieder ab – der Pastor selber, mit seinen großen Schaufelhänden? Nein. Der sicher nicht.

Ein Teil des Rätsels löste sich, als sie ins Badezimmer trat. Dort hingen im strahlenden Licht des frühen Morgens ihre Kleidungsstücke zum Trocknen über einem Handtuchständer. Sie schienen ordentlich tropfnass zu sein. Am Boden bildeten sich Pfützen. Auch in der Badewanne war Feuchtigkeit, und so schloss Lena, dass irgendjemand – die Pfarrerin vermutlich, der traute sie so etwas Mütterliches zu – in ihr Zimmer gekommen war und gesehen hatte, dass sie völlig verschwitzt war; ihr dann die Kleider aus- und das Nachthemd angezogen, und schließlich die Kleider in der Badewanne gewaschen hatte. So machte alles Sinn, auch wenn ihre Theorie eine kleine Delle bekam, als sie sie sich beim Zähneputzen fragte, warum Frau Pastor zum Waschen die Badewanne und nicht das Waschbecken verwendet hatte, welches durchaus genügt hätte.

Am oberen Ende der Treppe hielt Lena inne und blickte auf die geschlossene Türe, die genau gegenüber lag. Hier wohnte der geheimnisvolle andere Gast. Sie überlegte, ob sie anklopfen solle, entschied sich jedoch dagegen, wegen der frühen Morgenstunde.

Weil die Pastorin beim Frühstück nichts zu den Ereignissen der Nacht sagte, hielt es Lena auch so. Der Pastor war fröhlich, Lena bewunderte zwischen den Baguettestücken mit Erdbeermarmelade das Kind, welches Friederike hieß, aber sie sprachen es «Frederike» aus. Bei dem Wort zuckte Lena natürlich arg zusammen, aber insgesamt hielt sie sich ganz gut, die Pastorenleute schienen nichts mitbekommen zu haben.

Der Morgen war dann gut. Pastor Schaeffel, den sie nun Pierre nennen durfte, nahm sie in seinem alten Volvo auf eine Tour mit. Zunächst fuhren sie nach Bellefosse, einem kleinen Dorf, an dem Lena gestern schon vorbeimarschiert war. Hier lag eine Filialkirche von Waldersbach, und Pierre hatte versprochen, sich das Dach anzusehen, das seit einem Sturm vor einigen Tagen beschädigt zu sein schien. Während der Pastor die steile alte Wendeltreppe in den Turm hinaufstieg, erläuterte er Lena, dass diese Kirche von dem begabten Architekten Henri Salomon im ähnlichen Stile gebaut worden sei wie Waldersbach und Belmont, welche gemeinsam seine lutherischen Pfarre bildeten, und wie er es mit den Gottesdiensten halte: jeden zweiten Sonntag in Waldersbach, an den anderen in Bellefosse und Belmont, hier in deutscher Sprache. Lena machte kurze Stichwortnotizen, denn Bellefosse, das kam auch im Lenz vor. Oben angekommen, öffnete Schaeffel eine kleine Dachluke und blickte hinaus. Lena entdeckte zunächst eine ganze Schule von Fledermäusen im finstern Dachgebälk und schob dann auf seine Einladung ihren Kopf durch die Luke, sah im Süden die grauen Hänge des Champ du Feu liegen. Der Pfarrer zeigte ihr dann die Stelle, wo der Sturm gewütet hatte, und schimpfte über die unvermeidlichen Kosten der Reparatur.

Dann fuhren sie eine schmale Hügelstraße hinauf, die nach einer Weile zu einem kurvigen Waldweg wurde, und gewannen bald die Höhen über dem Tal von Bellefosse. Schaeffel hieß sie auf der Bergkuppe aussteigen, er wolle ihr etwas zeigen. Und wies sie an, ihren Blick nach Westen zu richten. Sie sah große Felsenmassen, die sich nach unten ausbreiteten; wenig Wald, alles grau, ernst; und die Aussicht in das Land hinein auf die Bergkette, die sich grad hinunter nach Süden und Norden zog und deren Gipfel gewaltig, ernsthaft oder schweigend still, wie ein dämmernder Traum, standen. Schaeffel erläuterte, dies sei die Richtung nach Fouday hin, wo das Steintal auf das quer verlaufende Beustal treffe. Lena kritzelte diese Informationen in ihr Notizbüchlein und konnte sich danach gar nicht satt sehen, denn das Wetter hatte während ihres

Turmaufenthaltes gewechselt, Wolken waren aufgezogen, dazwischen gewaltige Lichtmassen, die manchmal aus den Tälern, wie ein goldner Strom, schwollen, dann wieder Gewölk, das an dem höchsten Gipfel lag und dann langsam den Wald herab in das Tal klomm; kein Lärm, keine Bewegung, kein Vogel, nichts als das bald nahe, bald ferne Wehn des Windes und das Ticken von der Kühlerhaube des Volvo. Sie merkte wohl, dass Schaeffel sie zuweilen von der Seite musterte, aber sie schrieb es seinem Stolz auf die Landschaft zu. Als Lena sich satt gesehen hatte, stiegen sie wieder ein und lenkten den Wagen hinab in das kleine Tal von Blancherupt. Langsam erschienen Anzeichen von Besiedlung, Gerippe von Hütten, Bretter mit Stroh gedeckt, von schwarzer Farbe. Menschen standen am Wegrand und grüßten den Pastor. Schaeffel fuhr zu einem Hof am Ortsrand, auf dem gebaut wurde. Das Dach war erst halb gedeckt, es standen Gerüste an den Wänden. Er stieg aus, stellte Lena dem Hausbesitzer vor, einem drahtigen kleinen Mann mit Glatze und einem frechen Grinsen. Er sagte auch seinen Namen, Lavatte oder so. Im Nu waren sie von vielen kleinen Kindern umringt: Fromme Leute seien sie, erklärte der Pastor, eine der Stützen seiner Pfarre. Der Mann, den der Pastor «Sebastian» nannte, lachte und wischte sich den Schweiß von der Stirne, dann erzählte er von einem neuen Weg hinter dem Haus und einem Entwässerungsgraben, und welche seiner Kinder nun ab Herbst die Schule in Fouday besuchen würden.

Während sie so vor sich hin redeten, horchte Lena in sich hinein. Nichts von der Unruhe des gestrigen Tages oder der Nacht war da, nur der ruhige Ort und das geborgene Tal, die Wolkenmassen im lichtdurchfluteten Himmel. Sicher war es auch die väterliche Ruhe von Schaeffel, die ihr Frieden gab. Einmal wies der Hofbesitzer auf sie, und der bärtige Pastor nannte Lena beinahe väterlich «unsere kleine Forscherin» aus Frankfurt, die eine Arbeit über Lenz und Oberlin schreibe, welche man wohl bald in den Bibliotheken ausleihen werde können. Da Monsieur Lavatte zwar Oberlin kannte, aber nicht den Lenz, musste Lena erläutern – wie der deutsche Sturm- und Drang-Dichter Lenz einmal bei Oberlin zu Gast gewesen sei, zwanzig Tage lang ungefähr, und immer mehr dem Wahnsinn verfallen; und wie Jahre später ein anderer deutscher Dichter, Georg Büchner, daraus eine Geschichte, ein kurzes Romanfragment gemacht habe, in den dreißiger Jahren des neunzehnten Jahrhunderts. Und wieder wurde das gelbe Reclam-Bändchen hervorgezogen und begutachtet, Sebastian Lavatte lobte ihren Forschereifer, der ja unübersehbar sei bei all den Randnotizen im Heft, da sollten seine Söhne sich mal ein Beispiel nehmen, wenn sie französische Klassiker lernten, und Lena musste dem Mann versprechen, ihm bald ein Exemplar zuzusenden, sobald sie fertig sei. Dann machte sie schüchtern einen kleinen Witz mit einem der Buben, meinte, all die anderen Bücher im Unterricht finde sie eigentlich auch sehr langweilig, und das allgemeine Gelächter umhüllte sie wie eine Wolke. Sie wurde spontan eingeladen, am Nachmittag zu einem Kaffee zu kommen, und sagte auch gerne zu.

Am späten Vormittag wieder am Pfarrhof angekommen, Frau Pastor war bis zum Mittagessen aus, Erledigungen machen, bot der Pfarrer Lena an, mit ihr das Musée

Oberlin zu besuchen. Danke, nein, meinte Lena, sie würde, wenn es recht wäre, jetzt die Kirche besehen und den Friedhof. Später wolle sie noch etwas wandern, sie bräuchte also kein Mittagessen. Der Pfarrer reichte ihr die großen klobigen, rostbraunen Kirchenschlüssel und zeigte ihr dann, wo sie Brote fände und Käse. Und wies ihr noch sein Büro gegenüber der Küche, wo sein Computer stand. Falls Lena ihre E-Mails checken wolle oder sonst ins Internet gehen. Er musste aber gemerkt haben, dass sie auf einmal ganz blass geworden war, denn jetzt legte er ihr seine große Pranke auf die Schulter, und sein Blick wurde eindringlich und prüfend.

«Kann ich dir sonst irgendwie helfen, Lena?»

Lena blickte ihm ins Gesicht und schüttelte leise den Kopf, nein, es gehe schon. «Und danke. Für alles. Sie wissen ja gar nichts über mich, Pierre.»

Der Pfarrer lächelte. «Wie eine Schwerverbrecherin siehst du nicht gerade aus. Das genügt mir.»

Darauf antwortete Lena erst einmal nichts.

Dann ging der Pfarrer in sein Büro, und Lena schlenderte zur Kirche hinüber. Sie war froh, dass sie dem Pfarrhaus den Rücken zukehrte und den prüfenden Blick Schaeffels nicht mehr aushalten musste. Es waren auch nur einige Meter bis zu dem schlichten, weißen Kirchlein mit dem Ziegeldach, aus dem wie in Bellefosse ein kleiner, eisgrauer Holz-Glockenturm herausragte. Tatsächlich ähnelte der Tempel von Waldersbach seinen Geschwistern in Belmont und Bellefosse sehr; er stand an einer Kreuzung dreier Wege und hing, mit seinem noch winzigeren Friedhof, gewissermaßen zwischen den Ebenen der Straßen, auf einem Vorsprung, wie ein verlorener Fleck Erde zwischen den Welten. Der Friedhof war früher größer gewesen, zur Zeit von Lenz und Oberlin, das wusste Lena, aber sonst war alles genau wie damals. Alles sprach von strenger Schlichtheit und Einfachheit, das niedrige Steinmäuerchen des Kirchhofs, welches sie jetzt umkreiste, die schmucklosen weißen Wände, gegen die sogar die Fachwerkeinlagen der umgebenden Häuser und Höfe noch wie Kunstwerke wirkten, die ganz normalen, durchscheinenden Fenster ohne Buntheit und Heiligenbilder. Neben dem Dachreiter ragte sonderbarerweise ein kleiner Kamin aus dem Kirchendach, so etwas hatte Lena noch nie gesehen. Sie hob den Blick zum Himmel, ein Sonnenblick lag über dem Tal, die laue Luft regte sich langsam, die Landschaft schwamm im Duft einer Reihe von Fliederbüschen auf der anderen Straßenseite der Montée Oberlin.

Zunächst betrat sie den Friedhof, heiliger Boden, auf dem der historische Lenz gewandelt war. In unmittelbarer Nähe entsprangen die Route de Champ du Feu nach Belmont, die Wege nach Bellefosse, nach Fouday. Hier lief alles zusammen und auch wieder auseinander, das Herz der Geschichte gewissermaßen. Dunkles Moos unter den schwarzen Kreuzen, rechts setzte ein Rosenstrauch bunte Farbtupfer als einziger Schmuck an der Friedhofsmauer. Bienen summten träge, Lena schlenderte am französischen Nationaldenkmal vorbei, mit seinen drei etwas schläfrigen Trikoloren, Kies knirschte unter ihren Wanderschuhen. Dann stieg sie fünf grauschieferige Treppenstufen empor und befand sich unmittelbar vor der sandbraunen, rotsandsteingefassten Türe der Kirche, und hier fand sie ein

Grab, rechterhand, welches zu ihr sprach. Also hockte sie sich nieder und las die verwitterten Worte im schlichten schwarzen Holzkreuz: «Ici repose / MADELEINE SALOMÉ OBERLIN / née a Straßburg Le 18 DECEMBRE 1747 / decedée a Waldersbach le 17 janvier 1785.»

Da überkam Lena eine Schwäche, sie legte ihre Hand an das Holzkreuz, weil ihr so schwindelig wurde, und stützte ihre andere Hand auf die kühle, lehmige Erde des Grabes, die gute Mme Oberlin, die mütterliche, die allen so viel Gutes getan, die immer für sie da gewesen war, die sorgsam ihre Wäsche gewaschen und ihr Suppe geschöpft, die war tot, begraben? Und alles war ihre Schuld? Dann ließ der Schwindel nach, und Lena erinnerte sich, dass ihre Mutter ja Mme Schaeffel war, und die lebte. Und noch ein wenig später, als sie bereits mit dem knirschenden Schlüssel die Kirche aufsperrte und die Kirche betrat, da erinnerte sie sich weiter, dass Mme Schaeffel ja nicht ihre Mutter war, sondern die Pastorsfrau von Waldersbach. Wie *dumm* von ihr. Aber sie war *wie* eine Mutter gegen sie gewesen, rechtfertigte sich Lena. Und der Maitag war wirklich sehr warm, kein Wunder, dass ihre Gedanken ein wenig verrutschten.

Das Erste, was Lena im kühlen Inneren entgegenschlug, war ein Geruch von Holz und Rauch und Stein. Gleich sah sie auch den erstaunlichen eisernen Bullerofen, von dem Entlüftungsrohre in der niedrig hängenden Holzdecke verschwanden. Der Ofen lenkte dergestalt den Blick auf sich, dass sie den Altar kaum wahrnahm. Eine Kirche in einem einzigen Raum, mit Ofen, mit einem Altar, der quer zum Eingang stand, Bänken ohne Kniebänke, mit schwarz eingebundenen Gebetbüchern, einem Predigerpult und kahlen weißen Wänden ohne Farben und Heiligenbildern; ja überhaupt durchsichtigen Fenstern, und über allem diese niedrige hölzerne Decke, welche die Orgelempore trug, das kannte sie so nicht. Unwillkürlich musste sie an ihre eigene Kirche denken, in Frankfurt, mit den barocken dickbäuchigen Heiligenfiguren in fließenden Gewändern und den bunten Fenstern, in denen neben Szenen aus der Bibel auch die Namen der Spender verewigt waren. Es war undenkbar für sie, aus einer Kirche ins Freie zu schauen oder von außen hinein.

Die Fremdheit berührte sie und forderte sie zugleich heraus, verunsicherte sie, sie hatte ja noch nie eine lutherische Kirche betreten. Also wanderte sie zunächst ein wenig herum, stand eine Weile vor dem Denkmal mit dem großen Medaillon, welches Pfarrer Oberlin mit seiner kantigen Nase zeigte, aber das sagte ihr gar nichts, alles blieb kühl in ihr. Dann schlich sie, neugierig geworden, zur steilen Treppe, welche auf die Empore hinaufführte, und bestieg sie.

Lichtstrahlen tanzten oben auf dem staubigen Boden, der warme Geruch des Holzes umgab sie, auch die erhitzten Lehnen der Kunststoffstühle im Sonnenlicht gaben einen eigenen Duft ab, und auch hier Bänke und Stühle, wohl für die Männer, die früher von den Frauen getrennt gesessen waren? Bedrückend niedrig die hölzerne Balkendecke, auf der anderen Seite die Orgel, deren Pfeifen oben fast anstießen. Lena wollte eben wieder hinabsteigen, da sah sie am Boden einen Zettel mit schwarzem Rand liegen, der ihr einen Schauder durch die Seele jagte. Sie hob ihn auf. Es war eine Einladung zur Totenwache in Fouday. Die kleine Friederike sei dort gestorben und liege nun aufgebahrt, die Familie freue sich über Gebet und Besuch. Kalte Finger glitten ihre Wirbelsäule hoch, aber dann sah sie den Nachnamen, Friederike Espérance Scheidecker, es war ja ein fremdes Kind, eine andere Friederike, mit der sie nichts zu schaffen hatte, nicht die kleine Friederike des Pastorenehepaars, denn die war gesund und wohlauf, sie hatte sie ja eben beim Frühstück noch selber auf ihren Knien gewiegt. Obwohl die Namensähnlichkeit wirklich unheimlich war.

Und genau in dem Moment hörte sie unten in der Kirche ein Poltern, und hastige Schritte entfernten sich. Lenas Herz schlug ihr in den Hals, eine ganze Weile rührte sie sich überhaupt nicht. Dann, als keine Geräusche mehr folgten, ging sie ganz langsam und bedächtig die steile Treppe wieder herunter, ängstlich um sich blickend, doch die Kirche war leer. Dafür lag vor dem Altar, wo sie vorher verharrt hatte, ein Liederbuch am Boden, aufgeschlagen.

Lena beugte sich nieder und hob das Buch auf, las ohne Verständnis die Liednummer, die da stand, 405, und dann las sie den Refrain.

«Laß in mir die heilgen Schmerzen,
Tiefe Bronnen ganz aufbrechen;
Leiden sei all mein Gewinst,
Leiden sei mein Gottesdienst.»

Das war für sie, Lena, gemeint. Nur mit Leiden konnte sie tilgen, was geschehen war, und der Fremde wusste das genau. Doch er, der das Buch für sie hinterlassen hatte, er war verschwunden. Dennoch musste sie den Moment ergreifen, also stieg sie auf die Predigtkanzel empor und blickte sich in der leeren Kirche von Waldersbach um. Dann begann sie zu sprechen, sie las das Lied vor, wobei sie jedes Wort deutlich aussprach und am Ende jeder Zeile die Stimme ein wenig anhob: «Laß in mir die heilgen Schmerzen / Tiefe Bronnen ganz aufbrechen...» Da war alles genau, wie es sein sollte, nun begriff sie endlich die Proportion des Kirchenraumes, von hier aus machte alles Sinn, die Schwere des Gesangbuches in ihren Händen und die Kühle des Ledereinbandes gegen ihre Finger, die Spannung der Haut ihrer Kehle und die Stellung ihrer Füße, die sinnschweren Worte und wie sie von den kahlen weißen Wänden zurückhallten, ein süßes Gefühl unendlichen Wohls beschlich sie, es war, wie wenn wirklich eine Quelle aufgesprungen wäre in ihrem Inneren.

Noch ganz in der Flut des Wohlgefühls eingetaucht verließ sie die Kirche, überquerte die Straße und trat zurück zum Pfarrhaus. Die Türe stand offen, doch es war niemand drinnen. Lena stand alleine im Flur, unschlüssig, was zu tun sei. Durch die offene Bürotüre sah sie den flimmernden Bildschirm des strahlenden Apple, Monsieur le Pasteur war auf dem neuesten Stand der Technik. Es wäre beispielsweise ein Leichtes gewesen, einfach hinüberzugehen und etwa auf Google News zu schauen, ob schon etwas in den Nachrichten... Aber den Gedanken schob sie hastig weg; ihr stand Schaeffels prüfender Blick vor Augen, wer weiß, vielleicht kontrollierte er nachher die Adressen, die sie besucht hatte, und wusste dann Bescheid; und so flüchtete sie, nahm die Treppe in den

Oberstock drei Stufen pro Schritt, so hastig, dass sie fast an der geheimnisvollen Türe vorbeigelaufen wäre.

Sie stand einen Spalt offen.

Lena zögerte sicher eine halbe Minute lang. Sie wusste, sie war alleine im Haus; auch ihr geheimnisvoller Mitbewohner konnte nicht da sein, denn die Stille war absolut; schließlich fasste sie sich aber doch ein Herz und lugte kurz ins Zimmer hinein. Es sah ähnlich dem ihren aus, dunkle Balkendecke, auch schlicht, ein Tisch, Stuhl, Bett, Letzteres frisch gemacht, und ein Kleiderschrank. Das Fenster ging auf den Garten. Es waren auch keine sonstigen Kleider oder Koffer darin, außer einem zerschlissenen, altmodischen Mantel, der über einem Kleiderständer hing. Ein wenig enttäuscht, ein wenig erleichtert zog sie sich zurück und achtete sorgsam darauf, die Türe genau in dem Neigungswinkel zu hinterlassen, in welchem sie sie gefunden hatte.

Doch der Schrecken sollte erst kommen, als Lena zu ihrer Zimmertüre trat. Darunter lugte etwas hervor. Ein kleiner Brief, ja eigentlich war es ein gefaltetes Briefpapier, altmodisch gelblich-klein und gestärkt und zweimal gefaltet. Lena zog die Nachricht hervor, sie riss ihre Türe auf, stürzte ins Zimmer, zog sie hinter sich zu. Und entfaltete das Papier. Ihre Augen verschlangen die wenigen Worte, die darauf standen, in kleiner, hastiger Schrift mit schwarzer Tinte.

«Treffen Sie mich in der bewohnten Hütte – im Tal, das sich nach Osten öffnet – sprechen Sie IHNEN nicht davon! Dann wird alles sich klären.»

Mehr stand da nicht. Lena las den Brief noch dreimal

durch, bis sie die Worte verinnerlicht hatte, wendete ihn in der Hoffnung, noch mehr zu finden. Dann faltete sie ihn zusammen und steckte ihn ein, leerte ihren Rucksack für eine leichte Wanderung, schob das Reclam-Heft und ihr Notizbuch in die Außentasche; schloss die Zimmertüre hinter sich; hastete die Treppe hinunter; strich sich in der Küche rasch zwei Brote; und verließ das Haus.

3

Lena marschierte mit schnellen Schritten durch das Dorf und blickte nicht nach links noch rechts. Ihre Gedanken wirbelten wild durcheinander, suchten ein Muster in den Ereignissen der letzten Tage, der letzten Stunde zu erkennen. Bisher war alles linear verlaufen; sie hatte diese Reise über Monate geplant und genau vorbereitet, hatte sich eingelesen, soweit war alles klar; zugegeben, die Abreise war dann sehr überhastet passiert, aber war das ihre Schuld? Dann die ruhige Zugfahrt von Frankfurt über Offenbach nach Straßburg und weiter nach Fouday, dann eine Wanderung von mehreren Stunden.

Als Nächstes das Pastorenehepaar, dem sie sofort rückhaltlos vertraut hatte. Und dann die rätselhaften Ereignisse der letzten Minuten: Zuerst das Gebetbuch, das jemand für sie hinterlassen hatte – ein gnädiger Fingerzeig, nach dem sie bereits klarer sah. Und nun die kleine geschriebene Botschaft, die alles mit einem Schlag geändert hatte: der Teppich war ihr unter den Füßen weggezogen. Sie sollte IHNEN nichts von dem Brief, von dem Treffen erzählen; also vertraute er IHNEN nicht, wurde vielleicht argwöhnisch beobachtet. So wie sie selber – von Pastor Schaeffel. Immer wieder hatte er sie heute so komisch angesehen, als wüsste er etwas, und wie er ihr scheinbar unschuldig seinen PC angeboten und dann das Haus verlassen hatte – jetzt sah sie, dass es natürlich eine Falle war. Der Zettel hatte sie aus dem Schlaf aufgerüttelt. Sie würde ihre Wachsamkeit nicht mehr verringern, kein Fehler durfte ihr mehr passieren. Auch die warmen Gefühle für die Pastorin, die durfte sie sich jetzt nicht mehr erlauben; Lena war vielleicht schon längst eine Gefangene, so wie auch der andere.

Aber zunächst musste sie die Hütte finden – in dem Tal, das sich nach Osten öffnete. Das würde gar nicht so einfach sein, denn diese Hütte, das wusste sie, hatten die anderen Kommentatoren nicht finden können. Man hatte sie zu einer Fiktion erklärt. Aber sie, sie hatte so eine Idee, spätestens seit der Autofahrt gestern glaubte Lena zu wissen, wo sie suchen musste. Also schlug sie den Weg nach Süden ein, wieder auf Bellefosse zu. Es war warm und lieblich, auch hier blühte überall der Flieder; sie schritt tüchtig aus, es ging bergauf und die Straße wand sich etwas, trotzdem hatte sie nach knapp zwanzig Minuten die ersten Häuser des Dorfes erreicht. Rechts von ihr wölbte sich der hohe bewaldete Rücken, der Bellefosse und das Tal von Blancherupt trennte, und genau hier musste sie hinauf. Also nahm sie die erste Abzweigung im Ort nach rechts und hatte bald, bei einem Hof, den Steilhang erreicht. Nun endete der Weg, aber das schreckte Lena nicht ab, wozu trug sie Wanderschuhe, und außerdem wusste sie genau, wo sie hin wollte, sie ging schnurstracks die Wiesen bergauf, genau nach Westen. Nachdem sie zwei steile Kuhweiden überschritten und zwei Stacheldrahtzäune überklettert hatte, begann sie durstig zu werden. Es war nun halb eins, wie ein Blick auf ihre Uhr verriet, und die Sonne brannte wirklich unbarmherzig herab. Da begann wie auf ein Stichwort der Bergwald, und sie tauchte in den Schatten ein.

Während sie sich zwischen den Fichten und Föhren hochkämpfte, musste sie komischerweise an den Taunus denken, an einen Ausflug mit ihren Eltern, als Papi noch da war und alles noch gut. Da hatte Papi sie genau so einen Steilhang hinaufgetragen, wo Mami blieb, erinnerte sie sich nicht, aber sie spürte noch Papis starke Arme und wie die Äste der Nadelbäume an ihrem Gesicht gekratzt hatten. «Nur noch ein paar Minuten, Kleines» hatte Papi schnaufend gelacht. Er lachte damals vor allem, wenn sie alleine waren. Das hatte sie natürlich nicht bemerkt, das kam erst in der Reflektion, in den Jahren danach mit den misstrauischen Augen einer Heranwachsenden. Ihr erschien der Hügel des Waldgebirges gigantisch, und sie konnte es gar nicht glauben, dass Papi und sie jemals die Höhe erreichen würden, aber irgendwann war es dann doch so weit, und lachend drehte Vater sich herum, setzte seine Lena auf die Schultern und zeigte ihr in der Ferne in der Sommerwärme die schimmernde Skyline von Frankfurt. Wieder versuchte Lena sich zu erinnern, wo Mami blieb, und ihr war fast, als hätte Papi stirnrunzelnd nach ihr gerufen, «Friederike!» hatte er in den Wald gerufen, aber von da kam wohl keine Antwort.

Unvermittelt kam Lena jetzt aus dem dichtesten Gestrüpp heraus, an eine offene Stelle, die von einem Waldweg in nord-südlicher Richtung durchschnitten wurde.

Lena staunte, als sie gar nicht weit einen gluckernden Bach den Hang herablaufen sah. Sie trank in durstigen Zügen, dann drehte sie sich um und blickte in die Weite, über Bellefosse weg. Breite Flächen zogen sich in die Täler herab, wenig Wald hier oben, nichts als gewaltige Linien und weiter hinaus die weite, rauchende Ebne; in der Luft ein gewaltiges Wehen, nirgends eine Spur von Menschen, als hie und da eine verlassene Hütte. Lena holte ihre belegten Brote heraus, es wurde still, vielleicht fast träumend: es war ihr, als läge sie an einem unendlichen Meer, das leise auf und ab wogte.

Lena hatte ihre Brote gegessen. Eine Weile lag sie im Hang und ließ sich vom Tal anwehen, aber bald bemächtigte sich ihrer wieder die Unruhe, sie kramte ihr Notizbuch heraus, suchte die Skizze, die sie gestern auf der Fahrt gemacht hatte. Dort drüben, vielleicht drei Kilometer südlich, wo als winziger Fleck ein Auto parkte, da lag die Höhenrückenstraße, die sie gestern mit dem Pastor erklommen hatte, auf dem Weg zur Familie Lavatte. Dann blätterte sie hastig zurück und verglich ihre Beobachtungen mit Skizzen, die sie in Frankfurt angefertigt hatte, während der Stunden vor Google Earth, als sie, den Lenz neben sich, das Steintal erforscht hatte. Sie wusste nun wieder, wo sie die Hütte suchen musste, es gab eigentlich nur eine Stelle, wo sie sich befinden konnte, und zwar nördlich von ihr. Also raffte sie sich auf, zog den Rucksack wieder an und folgte dem Waldweg in Richtung Steintal.

Eine ganze Weile suchte sie den Eingang des Tales, von dem sie genau wusste, dass es hier, in unmittelbarer Nähe, sein musste. Doch auf Google Earth war alles viel klarer gewesen, die Skizze in ihrem Notizbuch sprach eine ganz andere Sprache als die wahre Landschaft rings um sie. Langsam stieg die Angst in ihr hoch, dass sie die Hütte vielleicht nicht finden würde, auch wenn sie noch so angestrengt hin und her liefe. Und eine kleine Stimme in ihrem Kopf flüsterte ihr ein, dass es besser sei, umzukehren, da die Hütte im Tale gar nicht wirklich sei, dass es über dem Steintal gar kein kleines enges Tal nach Osten gebe, was sie ja selber am Besten wisse, weil alle Büchner-Kommentatoren darin übereinstimmten, dass der Meister diesen Ort bei einer Wanderung anderswo in den Vogesen gesehen und in seine Lenz-Erzählung *übertragen* habe. Aber umkehren konnte sie nicht, auf keinen Fall konnte sie zurück, sie musste den Ort finden und dann von ihm die Wahrheit erfahren.

Lena wurde trotzdem müder und erschöpfter, die Stimme in ihrem Ohr drängender und überzeugender, und es hätte nicht viel gefehlt, dass sie wirklich umgekehrt wäre, als sie oberhalb etwas sah, das sie auf den ersten Blick für einen *Streif* hielt, der über den Rasen hinging; dann erkannte sie, dass gute hundert Meter oberhalb von ihr eine Gestalt auf einem älteren, kleineren Weg ging – noch um einiges höher über dem Steintal, welches rechts sich senkte. Es war ein Mann, und er ging zügig in dieselbe Richtung wie sie. Schien auch genau zu wissen, wohin er wollte, und bemerkte ihre Anwesenheit nicht.

Aber Lena schlug das Herz bis zum Hals, bei einer morschen Bank verließ sie den Weg und begann hastig, den Berg zu erklimmen. Für eine Weile kam sie ihm näher und konnte sogar Details an ihm ausmachen – sie hätte ihn für einen Handwerksburschen gehalten – so wie die fahrenden Schreiner auf Walz, die sie in ihren sonderbaren schwarzen Kniebundhosen einmal vor ihrer Schule getroffen hatte. Der Mann da oben trug ebenfalls sonderbar altmodische Kleider, und er hinkte ein wenig, als hätte er eine Verletzung am Fuß, aber bevor sie auch sein Gesicht sehen konnte, verlor sie ihn aus dem Blickfeld, und als sie ihn das nächste Mal erspähte, war er schon weit vorneweg geeilt. Völlig außer Atem erreichte sie den höheren Pfad und folgte dem Mann.

Sie war kaum drei Minuten gegangen, da öffnete sich wirklich ein schmales tiefes Tal zu ihrer Linken, in welches der Mann eintauchte. Lena folgte ihm, blieb aber dann am Eingang des Tales stehen. Sie warf einen Blick über die Schulter zurück, in die Sicherheit des Steintales; unwillkürlich ahnte sie, dass sie eine Schwelle überschreiten würde, wenn sie dieses Tal betrat: Die Nähe der steinigen Geröllhänge rechts und links vor ihr bedrückte sie, doch wohin sollte sie gehen? Zurück in das Pfarrhaus? Dann sah sie, dass der hinkende Fremde schon beinahe außer Sichtweite im Tal verschwunden war, und sie beeilte sich, ihm zu folgen. Sie dachte über die bevorstehende Begegnung nach, und ihr Herz schlug schneller. Alles würde sich bald klären.

Doch der Weg zog sich hin, die Wände näherten sich auf erschreckende Weise dem überwachsenen Trampelpfad, dem sie folgte, ihre Erschöpfung wuchs beim Gehen in diesem Tal, und es dämmerte schon, als sie an eine bewohnte Hütte kam. Das Tal hatte sich etwas geweitet, nun glich es dem Steintal, aber kleiner. Die Hütte war eine roh aus grauen Steinen gebaute, mit einem niedrigen moosbewachsenen Holzdach. Mittlerweile war es dunkel geworden, Lena musste die Augen anstrengen, um Dinge zu erkennen. Die Türe war verschlossen; Lena suchte auch vergeblich nach dem Fremden, dem sie gefolgt war. Sie trat ans Fenster, durch das ein Lichtschimmer fiel. Eine Lampe erhellte fast nur einen Punkt: ihr Licht fiel auf das bleiche Gesicht eines Mädchens, das in einem kleinen, offenen Lärchen-Kindersarg in der Mitte einer leeren Stube lag. Lena wurde es kurz schwindelig, so ganz alleine im dunkelnden Tal, und in dem Haus ein Sarg. Trotzdem zwang sie sich, genauer hinzusehen. Die Augen des Mädchens waren fest geschlossen, lockiges Haar umgab ihr blasses Gesicht, genau wie auf dem schwarz umrandeten Zettel in der Kirche. Kurz dachte sie, das kann nicht sein, die Totenwache für Friederike ist doch in Foudray, nicht hier in dieser Hütte in dem Tal, das sich nach Osten öffnet, aber dann hörte sie auf einmal leise raschelnde Schritte neben sich und wusste, spürte im Dunkeln, dass er gekommen war.

Er öffnete die Türe für sie, sie wagte aber gar nicht, ihn anzusehen, erhaschte im Lichtschein, der aus der Türe ins Dunkel herausfiel, einen kurzen Blick auf seine hängenden Locken, sein Gesicht schien wie bei einem Schornsteinfeger mit Asche beschmiert zu sein, aber da führte er sie auch schon hinein in die Hütte, seine Hand sanft auf ihrer Schulter, und er führte sie bis zu einem Stuhl, der unweit des Sarges stand, und setzte sie darauf. Er legte ihr ein schwarz eingebundenes Gesangbuch in die Hand, schlug es für sie auf. Sie wollte ihn so viel fragen, aber sie wusste genau, sie musste nun das Lied singen, während er versuchen würde, Friederike zu erwecken.

Lena sang sanft die Worte des Liedes:
«Laß in mir die heilgen Schmerzen,
Tiefe Bronnen ganz aufbrechen;
Leiden sei all mein Gewinst,
Leiden sei mein Gottesdienst»,
während er aus ihrem Blickfeld verschwand und die Hütte verließ. Noch immer hatte sie gar nicht gewagt, ihn anzusehen. Es war sehr still, in jener Art, die auf die Ohren drückt. Lena hörte auf zu singen, und eine mächtige Unruhe bemächtigte sich ihrer. Sie blickte wieder auf den Sarg. Ihr schauderte, das Kind kam ihr so verlassen vor, und sie sich so allein und einsam. Einige Zeit darauf knarrte die Türe, schwere Schritte klangen auf dem Eichenboden, er kam wieder herein, wirkte nun lang und hager, als sei er unendlich weit gewandert in der Zeit. Er trat zu ihr, sie zuckte auf und wurde unruhig. Er nahm ein getrocknetes Kraut von der Wand, so wie dieses, das bei den Pastoren hinter dem Kreuz klemmte, und legte ihr die Blätter auf die Hand, so dass sie ruhiger wurde und wieder begann zu singen, indem sie verständliche Worte in langsam ziehenden, durchschneidenden Tönen summte. Er erzählte rasch, heiser, flüsternd, wie er eine Stimme im Gebirge gehört und dann über den Tälern ein Wetterleuchten gesehen habe; auch habe es ihn angefaßt, und er habe damit gerungen wie Jakob. Noch immer hob sie nicht den Kopf und blickte ihn an, aber seine Stimme schien ihr seltsam vertraut, beruhigend, als kenne sie sie schon lange. Und dann schluchzte er auf: Er sei es, der

Frederike in den Tod getrieben, worauf sie antwortete: Nein, sie sei es gewesen. Gemeinsam, sagte er, würden sie sie erwecken. Sie solle nur fortsingen. Und er warf sich nieder und betete leise mit Inbrunst, während Lena in einem langsam ziehenden, leise verhallenden Ton sang.

Nun sah sie, wie er sich über die Leiche niederwarf. Er betete mit allem Jammer der Verzweiflung, dass Gott ein Zeichen an ihm tue und das Kind beleben möge. Lena summte weiter das Lied, besonders die Worte «tiefe Bronnen ganz aufbrechen», und jetzt sank er ganz in sich und wühlte all seinen Willen auf einen Punkt. So saß er lange starr. Dann erhob er sich und faßte die Hände des Kindes und sprach laut und fest: «Stehe auf und wandle!» Aber die Wände hallten ihm nüchtern den Ton nach, dass es zu spotten schien, und die Leiche blieb kalt. Da sprang er auf und stürzte aus der Stube und ließ Lena mit all ihren Fragen zurück.

Es war unheimlich still, sie hörte, wie die Uhr pickte. Von draußen tönte das Sausen des Windes, bald näher, bald ferner, und der bald helle, bald verhüllte Mond warf sein wechselndes Licht traumartig in die Stube und leuchtete auf die Locken des Mädchens im Sarge. Da war es ihr auf einmal, als läge im Sarg gar nicht das Mädchen, sondern jemand anderes, ihre *Mutter*, in einem weißen Kleid und mit einer weißen und einer roten Rose an der Brust gesteckt; ihre Haare waren kurz und an ihrem Kopf klaffte eine Wunde. Doch nein, das war ja nur der Schatten eines vom Wind gepeitschten Astes vor dem Fenster gewesen. Lena blickt auf: sah auf das Steintal vor dem Hüttenfenster, sah, wie die Wipfel der Bäume vom Wind geschüttelt wurden, sah, wie auf der Klippe gegenüber im weißen Mondlicht eine Kirche stand, und dachte: noch eine Kirche im Steintal, ich habe doch alle schon gesehen? Doch danach sah sie nichts mehr, dann glitt sie endlich in den Schlummer hinüber.

Sie erwachte früh. In der dämmernden Stube war es still. Lena lag zurückgelehnt, die Hände gefaltet unter der linken Wange; sie war steif. Sie erhob sich ächzend, trat in die Türe und öffnete sie, die kalte Morgenluft schlug ihr entgegen. Das Haus lag am Ende des schmalen, tiefen Tales, das sich nach Osten öffnete; rote Strahlen schossen durch den grauen Morgenhimmel in das dämmernde Tal, das im weißen Rauch lag. Lena warf einen letzten Blick in die Hütte, jemand hatte den Sarg mit dem Kind wohl mitgenommen, denn alles war nun leer.

Als sie draußen den gewundenen Weg weiterging, um den Waldrücken herum, als sie schließlich das Steintal unter sich liegen sah im hellen Tageslicht und einen Lieferwagen, der von Fouday Richtung Waldersbach fuhr, dachte sie mit einem Schrecken, dass ja die Lavattes sie erwarteten; dass die Pastorin von Waldersbach sich furchtbare Sorgen machen musste; eine *ganze Nacht* war sie fortgeblieben, hatte niemandem etwas gesagt! Ihre Hand fuhr in die Tasche, erst dann fiel ihr ein: ihr Handy lag fatalerweise in Frankfurt, also lenkte sie ihren Schritt hastig auf dem Weg weiter in Richtung von Blancherupt, das bald unter ihr lag. Dort würde sich alles klären.

Nicht einmal fünfzehn Minuten später erreichte sie den Rand des Ortes und damit den dreikantigen Hof der Lavattes.

4

Wenn Lena Befürchtungen gehabt hatte, man wäre ihretwegen besorgt oder in Aufregung gewesen, hatte sie sich getäuscht. Weder Sebastian noch Frau Lavatte, eine ebenso kleine wie charismatische Frau mit strahlenden meerblauen Augen und einer adretten, kurzärmligen Karobluse, zeigten die geringste Verwunderung, als sie Lena an der Türe des Seitenhauses begrüßten und hereinbaten. Lavatte krempelte seine Hemdsärmel herunter und strich sich über seine Glatze, wies entschuldigend auf das halb fertige Dach des Hauptgebäudes, während hinter den Lavattes bereits fünf, sechs Kinderköpfe neugierig nach dem Gast schielten. Lena, die sich eben auf das Eindringlichste entschuldigen wollte, hielt sich instinktiv zurück, als offenbar niemand etwas Sonderbares an ihrem Fehlen finden konnte. Ihre Gedanken zuckten hin und her und kamen zu dem Schluss, dass man es hier am Lande wohl nicht so genau nähme mit dem Heute und dem Morgen. Und da sie ihnen ja schlecht erzählen konnte, was ihr in dieser vergangenen Nacht zugestoßen war, lächelte sie freundlich und sagte erst einmal gar nichts.

Und auch, als sie vom geräumigen, nach Rauch duftenden Wohnzimmer mit dem Kamin bei den Schaeffels anrief, von einem jener altmodischen Telefone nebenbei, die noch eine Wählscheibe hatten, als bereits Kuchen und ein dünner Kaffee vor sie hingestellt waren und Rose-Marie, die zweijährige Jüngste der Lavattes, ihr eine zerzauste Puppe hinhielt, da zeigte man sich auch in Waldersbach gar nicht erstaunt, sondern Frau Pastor sagte fröhlich, jaja, das habe man sich schon gedacht, wo sie sei, sie solle sich Zeit lassen und Sebastian könne sie ja später nach Hause bringen.

Lena wunderte sich nun wirklich, die Menschen waren entschieden sonderbar in diesem Vogesental, und so kam es, dass sie nur mit wenig Appetit in ihrem Apfelkuchen herumstocherte; sie hätte nach einem Nachmittag und einer Nacht ohne Nahrung eigentlich halb ausgehungert sein müssen. Aber vielleicht lag es auch daran, dass es sie eine große Anstrengung kostete, mit einem Teil ihre Kopfes eine normale Konversation aufrecht zu erhalten, während sie zugleich mit dem anderen Teil versuchte, all die Puzzlestücke der letzten Stunden zusammenzufügen, die rings um sie schwammen; doch vergeblich, immer, wenn sie ein Teilchen ergriffen hatte, versank ein anderes in der trüben Flut ihrer Gedanken und wurde ein drittes weggetrieben. Vielleicht verschlug ihr das ja den Appetit. Trotzdem gelang es ihr ganz leidlich, auf die vielen Fragen zu antworten – Hast du Geschwister? Nein, leider nicht. – Was willst du später werden? Journalistin. – Lebst du bei deinen Eltern? Nein, nur bei meiner Mutter, meine Eltern sind geschieden. Lavatte beugte sich mit einem leicht besorgten Blick vor und meinte, er könne ja nicht aus der Erfahrung sprechen, aber sei es nicht manchmal schwer, so ganz ohne Geschwister aufzuwachsen? Und Lena, die in sechs Paar besorgte Kinderaugen blickte, zuckte die Achseln, meinte, eigentlich nicht, so habe man die Eltern mehr für sich alleine, und außerdem lerne man auch, schon früh auf eigenen Beinen zu stehen. Aber die Kinderaugen unter den dunklen Frisuren blieben skeptisch, während sich die kleinen Lavattes vorzustellen versuchten, wie das wohl wäre, so ganz ohne Geschwister aufzuwachsen. Also erzählte Lena vom Champ du Feu und dass sie dort keine Schneefelder in der Ferne gesehen hatte, weil es bedeckt gewesen war, und sah immer noch in den Kinderaugen die stumme Frage: «Ganz ohne Geschwister?»

Dann, in einer Pause der Stille, als die kleine Rose-Marie auf Lenas Knien keine Lust mehr auf ihre Kuchenreste hatte und es bis auf das Knacken des Feuers im Kamin sehr still war, öffnete sich plötzlich die Türe und ein junger Mann trat ein. Er war schlacksig, trug eine schwarze Jeans und ein weißes Hemd, das an den Ellenbogen hochgekrempelt war. Die Lavattes lächelten und Mme Lavatte sprang auf und umarmte ihn. «Das ist unser ältester Sohn Jacques-Michel», lachte sie und zog ihn ins Zimmer. «Frisch zurück von seinem Praktikum bei der Schreinerei in Straßburg.» Doch Lenas Herz setzte für einen Augenblick aus, es durchfuhr sie kalt. Das konnte doch nicht sein – diese schwarzen Locken? Dieses blasse Gesicht? Sie hatte ihn heute Nacht nur mit geschwärztem Gesicht gesehen, nur im Licht des Mondes bei der Hütte, hatte es gar nicht gewagt, ihm richtig ins Gesicht zu schauen, aber konnte gar Jacques-Michel Lavatte der Fremde gewesen sein, der sie zur Hütte geführt? Ihr Herz schlug in der Kehle, ihr

Mund wurde trocken, aber war sie nicht inzwischen erfahren darin geworden, ihre Gefühle zu verbergen? Mit einer übermenschlichen Anstrengung nickte sie ihm ruhig zu, während er lässig (verschwörerisch?) die Hand zum Gruße hob.

Von den nächsten zwanzig Minuten hatte Lena nachher nur noch Bruchstücke im Gedächtnis. Man plauderte fröhlich über die Vor- und Nachteile von Straßburg und welches das beste Bier wäre (M. Lavatte: Uberach! Jacques-Michel: L'Alsacienne sans culotte!); fragte Lena, ob sie schon einmal dort gewesen wäre (Nein. Nur durchgefahren) und Jacques-Michel, ob er am nächsten Sonntag mit in den Gottesdienst kommen wolle? (Unbedingt.) Zum Glück verlangte Rose-Marie ständig, dass Lena die Haare ihrer Puppe neu ordnete, und so konnte sie sich auf etwas konzentrieren und musste nicht dauernd versuchen, *seinem* Blick auszuweichen. Denn sie spürte ja immer, wenn sie sich abwandte, seinen Blick auf ihr brennen; sie glaubte zu verstehen, dass sie nichts von ihrem gemeinsamen Erlebnis erzählen sollte, und das hatte sie ja auch nicht vor. Doch bald wurde der Druck in ihr unerträglich, eine Unruhe packte sie, und schließlich blickte sie auf die Uhr, stellte fest, dass es vier Uhr war *(frühs? Nein, nachmittags. War sie schon so lange hier?)*, und sagte, dass sie nun gehen musste. Monsieur Lavatte sprang sofort auf, um sie zu fahren, aber sie meinte, sie würde gerne gehen, den Fußweg nach Waldersbach kenne sie noch nicht. Und Mme Lavatte umarmte sie und meinte, sie müssten sich spätestens beim Gottesdienst sehen und Rose-Marie herzte sie und gab ihr einen nassen, verschnupften Kuss auf die Wange und Jacques-Michel gab ihr einen festen Händedruck und sah ihr natürlich nicht in die Augen; als all das geschafft war, verließ sie das Haus und ging raschen Schritts davon.

Kaum dass sie das Dörfchen Blancherupt, Jacques-Michel und die Lavattes hinter sich gelassen hatte, verspürte sie den Drang, so viel Raum wie möglich zwischen sich und die Ereignisse der letzten Stunden zu bringen. Es brauste nämlich in ihr, so wie sonst nur, wenn sie nachts mehrere Filme hintereinander auf ihrem I-Pod angesehen UND dann noch mit Grete ein Mitternachtstelefonat geführt hatte. Dann rauschten ihre Ohren so heiß und fühlte sich ihr Gehirn so überladen an, so bis zum Rand gefüllt mit einer träge schwappenden Brühe wie jetzt. Alles, was ihr gestern und heute zugestoßen, schien ihr aufzusteigen wie faulige Brocken, die die Oberfläche des Sumpfes durchbrechen. Nur durch rasches, angestrengtes Gehen konnte sie den Ekel bekämpfen, sie eilte also durch das waldige Tal die Rue Principale herab, an der Grenze ihrer Belastbarkeit. Es war ein heißer Tag, der Schweiß rann ihr herunter, schon bald schmerzten ihre Beine. Zudem kam es ihr manchmal vor, als ob sich das Tal unmerklich neige, so dass sie versucht war, ihre Arme auszustrecken, um das Gleichgewicht zu halten. Außerdem musste sie irritiert feststellen, dass zu ihrer Rechten, auf den waldigen Hängen über dem Tal, immer wieder eine Gestalt aufblitzte, die etwa in der gleichen Geschwindigkeit wie sie, bald zwischen Bäumen verschwindend, bald über karge Wiesenmatten ausschreitend, genau ihr Tempo zu halten schien, wenn auch mit einem leichten Hinken. Sie wusste, wer es war, und deshalb blickte sie nach einer Weile gar nicht mehr nach rechts, sondern nur noch nach vorne.

Nach etwa einer halben Stunde bog ihre Straße, über einen letzten Hügel kommend, nach rechts in das Steintal ein. Sie nahm, nun schon sehr erschöpft, die D 57 nach Waldersbach, das jetzt einen knappen Kilometer weg sein musste. Da kam jetzt auf einmal zu all den wirbelnden Gedanken noch der an das Pfarrers-Ehepaar und das Pfarrhaus hinzu, das Wissen, dass sie ja eine Gefangene war, dass sie niemandem *trauen durfte!*, und eine neue Welle von Übelkeit überschwemmte sie. Die Hitze in ihrem Kopf stieg an, ihr wurde schwach, ihre Beine auf der Teerstraße wankten, als sich plötzlich zu ihrer Linken eine unerwartete Rettung auftat. Plätscherte dort doch, auf den Wiesen in der Mitte des Tales, von Bäumen gesäumt, ein kleiner Fluss, der Fouday mit Waldersbach verband. Schirgoutte hieß er, das wusste sie von Google Earth. Kurzentschlossen verließ Lena die Landstraße, überstieg einen Kuhweidenzaun, kämpfte sich durch eine verwilderte Wiese und war bald im Schatten der Bäume angekommen. Niemand konnte sie hier sehen, sie war ganz allein und sowohl vor den Hängen des Steintales als auch von der Landstraße her geschützt. Erst warf sie den Rucksack ab, zog nur Schuhe und Socken aus und badete ihre Füße im sanft plätschernden Wasser, aber bald begann wieder das Brausen in ihrem Kopf, ihr war, als tönte eine ferne Stimme von den Bergrücken herunter und suchte sie, und bald summte ihr ganzer Körper im Einklang mit dieser Stimme, dass es sie fast zerreißen wollte; sie wusste genau, ein Fußbad alleine würde nicht ausreichen, um ihr Ruhe zu verschaffen. Also zog sie ihre Jeans und ihr T-Shirt ebenfalls aus und stieg, nur in ihrer Unterwäsche, in das kühlende Wasser des Flusses. Es war natürlich eiskalt, aber welche Wohltat für sie! Die Gänsehaut überfiel sie und übersäte ihre nackten Arme und Beine mit winzigen Hügelchen, und als sie es sogar gewagt hatte, ihren Kopf prustend unterzutauchen, da war es ihr, als sei all das Üble, Verstörende, das Fremde von ihr abgewaschen. Erst wollte sie in die Mitte der Schirgoutte schwimmen, aber dort war die Strömung stärker, und bald fand sie eine kleine Bucht in einer Kurve, wo das Wasser unter einer riesigen Trauerweide ganz ruhig stand wie in einem Bergsee. Dort legte sich Lena auf dem Rücken ins Wasser, stützte sich ab und zu mit ihren Händen und Füßen ab und blickte hinauf in den narkotisch blauen Himmel über sich.

Nur nicht denken. Einfach vom Wasser tragen lassen. Spüren, wie der Fluss seine eisigen und doch umhüllenden Hände um den Körper legte, die Wunden ihrer Seele streichelte, betäubte, die lärmenden Stimmen verstummen ließ, wie wenn man den Lautstärkeregler an einem Radio ganz langsam leiser drehte, bis es ganz still war. Über ihr ein Kranz aus Bäumen, die dunkelgrünen Blätter von einer leichten warmen Brise gezaust, so dass sich die silbrige Unterseite zeigte. Und über all dem das beruhigende Blau des Himmels. Keine Geräusche, weil ihre Ohren unter Wasser lagen, außer dem Gurgeln des Baches und dem Knirschen der Steine, die am Grunde des Baches Richtung Fouday purzelten und rollten. Die Steinchen mussten ja schon von den Höhen des Champ du Feu unterwegs sein, denn dort entsprang die Schirgoutte ja. Vielleicht war es sogar derselbe Bach, aus dem sie getrunken hatte, als sie, aber diesen Gedanken verfolgte sie nicht weiter, sondern ließ sich wieder in die Kühle zurücksinken und folgte dem Flirren der Blätter über sich.

Erst nach fast zwanzig Minuten gesegnetem Da-Liegens erhob sich Lena wieder und stand etwas unschlüssig im Wasser, das ihr bis an die Oberschenkel ging. Sie hätte gerne noch länger verharrt, aber jetzt begann sie ernsthaft zu frieren. Also stieg sie aus dem Fluss heraus und erklomm die rutschige Grasböschung. Weil sie kein Handtuch dabei hatte, legte sie sich einfach tropfnass in die Sonne und ließ ihren Körper trocknen. Alles an ihr war erfrischt, kühl, belebt; während sie dem Summen und Surren der Insekten rings um sich lauschte, dachte sie, ich bin noch nie in einem Fluss geschwommen. Das ist so völlig anders als die Frankfurter Freibäder mit ihrem Chlor und dem Geschrei, das Mittelmeer mit seiner Hitze, sogar anders als die Ostsee, wohin ihre Eltern sie einmal vor fünf Jahren geschleppt hatten; ein Fluss hatte etwas ganz Eigenes, Frisches, Drängendes, etwas, das alle Gedanken auslöschte und großen Frieden schenkte. Doch je mehr sie trocknete und ihre Haut und ihr Kopf sich erwärmten, desto mehr fiel die schützende Hülle von ihrem Denken ab. Ehe die Unruhe sie ernsthaft erfassen konnte, sprang sie auf, zog sich hastig über die nasse Unterwäsche wieder an und stapfte quer über die Wiese davon Richtung Landstraße. Und selbst jetzt durchzog sie noch die angenehm energetische Schlaffheit, die Zufriedenheit, etwas Großes geschafft zu haben. Auf der D 57, schon auf dem Fußmarsch nach Waldersbach, blickte sie zurück und schwor sich, bald wiederzukommen.

Als sie eine knappe Viertelstunde später die Rue Montée Oberlin hinaufstieg und das Pfarrhaus schon in Sicht war, trug sie immer noch die Ruhe der Schirgoutte im Herzen. Die Ruhe der Schirgoutte, das klingt wie ein sehr guter Buchtitel, doch dann sah sie, vor dem Pfarrhaus, ein Auto geparkt stehen. Als sie dann das Nummernschild las und erkannte, dass der Wagen aus Deutschland – aus Frankfurt! - kam, überzog es sie eiskalt, ihre Gedanken begannen zu rasen. Nur nicht auffällig benehmen, dachte sie, nur möglichst normal weitergehen; vielleicht stehe ich bereits unter Beobachtung. Also bog sie vor der Kirche einfach rechts in den Chemin de Belmont ein und sah nach dreißig Metern auf der linken Seite eine neue Rettungsinsel: das Café des Vosges, ein eher uninteressantes Dorfcafé mit abgeblätterter Schrift über der Eingangstüre, aber Lena beklagte sich nicht: sie trat ein und verschwand von der Straße.

Als sie an einem Tisch am Fenster saß und eine Fanta bestellt hatte, als sie merkte, dass sie von hier problemlos die Pfarrhausfront und damit das Frankfurter Auto beobachten konnte, ohne selber gesehen zu werden, da erst erlaubte sie sich, Angst zu haben; jetzt überkam sie das große Zittern, ihre Beine schlugen richtig hin und her vor Schwäche, was sicher auch an den langen Märschen lag und der vergangenen Nacht. Lena nahm kleine Mundvoll ihres Getränkes und starrte ansonsten immer Richtung Pfarrhaus. Ihr war die Anwesenheit des Autos unangenehm; sie hatte sich in Waldersbach so ein Plätzchen zurechtgemacht, das bisschen Ruhe war ihr so kostbar – und jetzt kam ein Auto mit einem Nummernschild, das sie an so vieles erinnerte, an das sie lieber nicht denken wollte. Natürlich konnte es sein, dass der Wagen zufällig da war, dass er nichts mit ihr zu tun hatte und mit dem, was passiert war. Denn wer hätte ihnen schon von ihrer Büchner-Studie erzählen können, und dass sie in Waldersbach war? Ihre Mutter, ja, aber die würde nichts erzählen; höchstens ihre Lehrerin. Und wenn es sich wirklich als ein dummer Zufall herausstellte? Ein protestantischer Pastorenkollege aus Frankfurt, ja, das musste es sein. In derselben Landeskirche oder wie man das bei denen nannte.

Eine müde und uninteressierte Kellnerin wollte wissen, ob sie etwas essen wollte. Lena stellte fest, dass sie schon wieder Hunger hatte, konnte sich aber nach all den Lavatte'schen Kuchen nicht mit einer Süßspeise anfreunden und beschloss, den Schinken-Käse-Toast mit Ketchup zu bestellen. Während sie zusah, wie die Kellnerin mürrisch hinter den Tresen stapfte und den abgepackten Toast in die Mikrowelle steckte, beschloss sie spontan, dass es Zeit war, Bilanz zu ziehen über ihre bisherigen Funde. Lena nahm also ihre Ausgabe des Lenz aus dem Rucksack, legte ihr Notizbuch daneben und begann, Notizen zu machen:

Waldbach = Waldersbach
Schneefeld = Champ du Feu
Pfarrhaus = altes Pfarrhaus (steht nicht mehr)
Bergkette, die sich nach Süden und Norden zog = Beustal bei Fouday
Fouday = Fouday

Bellefosse = Bellefosse
Bewohnte Hütte im Hang nach dem Steintal = Hütte über Bellefosse
Kirche neben am Berg hinauf = Kirche von Waldersbach

Diesen letzten Punkt unterstrich sie zweimal, dann lehnte sie sich zurück, nahm einen weiteren Schluck Fanta, biss in ihren viel zu heißen Schinken-Käse-Toast und überlegte. Die meisten dieser Übereinstimmungen konnte man ganz gut feststellen, ohne in Waldersbach gewesen zu sein. Also konnte Büchner es auch getan haben. Büchner hatte nicht Google Earth, konnte also nicht wissen, wie das Champ du Feu von Bellefosse aus aussah, so wie sie es in Frankfurt konnte, wenn sie das Bild am PC einfach herumwirbelte und den Neigungswinkel änderte. Aber Büchner hatte Karten und sicher auch Wanderbeschreibungen sowie Erzählungen von Besuchen bei Oberlin; sie wusste das aus der Marburger Ausgabe des Lenz, einem weinroten Buch so groß wie ein kleiner Schulranzen, mit hunderten von Kommentarseiten, zu welchem ihre Lehrerin, die fette kleine Frau Pfeuffer mit ihrer pickeligen Haut, sie geschickt hatte; sie hatte sie in die Stadtbücherei in der Hasengasse geschickt und ihr geschworen: was in der Marburger Ausgabe nicht drin steht, das kannst du nur noch vor Ort feststellen; aber da steht alles drin. Frau Pfeuffer war natürlich stolz gewesen, dass Lena sich so für den Lenz interessiert hatte; sie bestrafte sie auch seltener als die Mitschülerinnen, wenn Lena während des Unterrichts SMSte. Selten, dass es eine Schülerin so «packte», sagte Frau Pfeuffer und prophezeite ihr eine Zukunft als Germanistin. Lena bezweifelte das entschieden, sie interessierte sich nicht für die literarischen Aspekte des Lenz, sondern seine Geschichte, seine Story, hatte sich aber doch in den Lesesaal begeben, ihren I-Pod weggepackt und das wenig einladende XXL-formatige Buch aufgeklappt. Tatsächlich hatte sie Antworten auf viele Fragen bekommen, welche ihr der Kommentar ihrer dtv-Klassik-Ausgabe nicht gegeben hatte; und doch hatte sie nach der stundenlangen Lektüre der Marburger Ausgabe den Eindruck gehabt, dass auch Dedner und Hubert Gersch und all die anderen sich nicht die Mühe gemacht hatten, hierher zu kommen und nachzusehen, wie es vor Ort aussah. Und wenn doch, so wie es im Kommentar gegen Ende des Buches mehrmals den Eindruck machte, so doch nicht so wie *sie*.

Tatsächlich kam sie sich ein wenig wie Schliemann in Troja vor; es gab ihr eine geheime Macht, wie sie hier umherging und auf den Spuren des Lenz wandelte und mehr, ja viel mehr wusste als alle anderen, alles wusste über das kleine zerschlissene Büchlein in ihrer Tasche. Es gab einfach Dinge, die konnte man nicht durch Lektüre feststellen. So wusste sie seit ihrem Weg vom Bahnhof Richtung Waldersbach durch das Steintal, am Tag ihrer Ankunft (sie bemühte sich, einen Augenblick lang, festzustellen, wie viele Tage das her war, ließ es aber lieber wieder), dass es durchaus möglich war, dass Lenz kurz vor Waldersbach umgekehrt und «wie ein Hirsch gen Fouday zurückgesprungen» war, wie Büchner schrieb. Sie hatte es einige hundert Meter lang versucht und war sicher, dass es zu schaffen war (die Entfernungen stimmten! Man konnte ohne große Steigungen rennen!); und es erfüllte sie mit wohligem Stolz, dass sie sich wieder in den Fußstapfen von Schliemann wusste, der die Strecke vom Skamander bis nach Ilion abgelaufen war, um festzustellen, ob griechische Hopliten in Rüstung diese mehrmals am Tag rennen konnten; auch dass Oberlin Lenz von den Höhen über Bellefosse jene Bergkette zeigen konnte, die sich über Fouday nach Norden und nach Süden im Beustal erstreckte, das konnte man nur vor Ort sehen; dass man von Belmont eine halbe Stunde bis Waldersbach brauchte, und dass das beschriebene Dorf am Anfang des Buches nicht La Hutte sein konnte, wie einige Kommentatoren törichterweise behaupteten – denn vom Schneefeld *musste* man über Belmont nach Waldersbach wandern, das bot sich an, das wusste sie, seit sie am ersten Nachmittag aus dem Bach getrunken und ins Tal geschaut und ihre Route geplant hatte, der Bach, der dort entsprang und zu einem Fluss wurde, der Schirgoutte, in der die Kiesel klirrend nach Westen wanderten. Zumindest in diesem Punkt – Belmont – waren der Kommentator der Marburger Ausgabe und sie einer Meinung. Leider hatte sie die Schneefelder der fernen Berge vom Champ du Feu aus nicht gesehen, das Wetter hatte nicht gepasst.

Aber dann gab es auch für sie so etwas wie die Kette der Helena, ihre ureigenen Entdeckungen, die sie selber gemacht hatte. Das waren die Hütte über dem Steintal, nach der die anderen Kommentatoren hundertfünfzig Jahre vergeblich gesucht hatten; und die Kirche von Waldersbach. Was diese betraf: Sie konnte selber durch die Scheibe des Café des Vosges sehen, wenn sie sich ein wenig vorbeugte, dass die Kirche «neben am Berg hinauf, auf einem Vorsprung» lag; man konnte diesen Ausdruck nicht in seiner ganzen Präzision begreifen, wenn man nicht vom Chemin de Belmont aus auf die Kirche blickte; sie hing wirklich zwischen Berg und Tal und war von jenem Friedhof umgeben, den Büchner beschrieb. Wenn sie hingegen über die Hütte in dem Tal nachdachte, welches sich nach Osten öffnete, beschlich sie wieder die Unruhe, also schob sie den Gedanken ganz schnell beiseite. Aber es gab auch noch andere Entdeckungen: dass man in Waldersbach noch immer dasselbe Gebetbuch verwendete, mit den Liedern, die auch Lenz gelesen, gesungen hatte; und dass, sie hatte es genau notiert, die Gottesdienste in Bellefosse, Belmont und Waldersbach immer noch zu den selben Zeiten stattfanden wie im Lenz. Jedenfalls hatte das Pastor Schaeffel gesagt, sie glaubte, sich daran zu erinnern, auch wenn sie jetzt gar nicht mehr sicher war.

Insgesamt, dachte sie, während sie ihr Buch zuklappte und im Rucksack verstaute, hatte es sich gelohnt. Die Lenz-Forschung war sicher einen großen Schritt vorangekommen. Pfarrer Schaeffel hatte recht gehabt, man würde ihre Arbeit lesen! Jetzt stieg Ärger in ihr auf, weil sie daran dachte, wie oft sie ihrer Mutter erklärt hatte, dass sie diese Reise in die Vogesen machen *musste*; und wie oft ihre Mutter stur wiederholt hatte, wissenschaftliches Arbeiten bestehe im richtigen Zitieren von Quellen und nicht in Populär-Archäologie vor Ort. Wie oft hatte Lena in der kleinen Küche in Frankfurt für die Reise plädiert, ja um die Reise gebettelt, sie hatte ihrer Mutter sogar von dem englischen Historiker erzählt, den ihnen ihr Geschichtslehrer immer als Vorbild vorgehalten hatte. Das war nämlich so gewesen: Vor Jahrzehnten gab es eine Kontroverse darüber, warum Antonius und Kleopatra mitten in der Schlacht bei Aktium genau um vier Uhr nachmittags Segel gesetzt hatten und geflohen waren. Die einen sagten, es sei aus religiösen Gründen geschehen, und zitierten Quellen über die sakrale Dimension dieser Tageszeit; die anderen versuchten aus Antonius' Erfahrung nachzuweisen, dass er genau zu diesem Zeitpunkt beurteilen konnte, dass die Schlacht verloren war; doch ein englischer Historiker habe schließlich die überraschend einfache Lösung gefunden. Es sei der einzig richtige Moment gewesen; denn er sei in den Meerbusen bei Aktium gereist und habe über mehrere Tage beobachtet, dass sich dort auch heute noch gegen vier Uhr nachmittags immer eine frische Brise erhebe. Oh, aber das war ihrer Mutter so was von egal gewesen, und sie konnte noch soviel betteln und benzen, sie ließ sich nicht erweichen, sie würde ihr keine Reise nach Frankreich erlauben, ihre Noten stünden so und so und da sollte sie die Wochenenden lieber lernen, als irgendeine Reise zu machen. Dann kam das Schuljahresende näher und näher und es war schon Mai und bald musste sie Frau Pfeuffer die Arbeit abgeben, und dann, dann (Lena schluckte und kniff die Augen zusammen vor Wut), dann war passiert, was passiert war, und Mami war wirklich selber schuld. Vielleicht hätte Lena sie in den letzten Tagen nicht ständig «Friederike» nennen sollen anstatt «Mami», sie konnte es ja genau mit dem Tonfall sagen, den Papi immer benutzt hatte, wenn er Mami verspottete, und dieses spezielle «Friederike» aus Lenas Mund trieb Mami immer sofort auf die Palme. Das hatte sicher auch eine gewisse Rolle gespielt bei dem, was schließlich geschehen war.

Lena stellte fest, dass ihre rechte Hand sich so fest um den Kugelschreiber gekrampft hatte, dass ihre Knöchel weiß geworden waren. Sie entspannte langsam ihre Finger und blickte hinaus, draußen dämmerte es schon, und mit einem freudigen Schrecken stellte sie fest, dass der Wagen aus Frankfurt nicht mehr vor dem Pfarrhaus parkte und die Luft offenbar rein war. Jetzt musste sie aber wirklich zurück. Sie zahlte und verließ das Café des Vosges. Während sie das Stück Straße hinaufschlenderte, streifte ihr Blick kurz die rechts liegende Kirche von Waldersbach. Was sie sah, versetzte ihr einen heillosen Schrecken. Für einen Augenblick hatte sie im Schatten der Friedhofsmauer eine Gestalt gesehen, sie hätte schwören können, es sei ihre Mutter gewesen, die dort stand. Sie trug das weiße Kleid und hatte die rote und die weiße Rose auf der Brust mit der Hand zugedeckt; die klaffende Wunde am Kopf war von dem wuchernden Rosenstrauch verdeckt, und es wirkte, als habe sie sie traurig angesehen. Lena hatte unwillkürlich die Augen zugekniffen und wieder hingesehen und natürlich war da nichts gewesen, nichts als eine abendliche Einbildung, die herabhängenden Rosen hatten einfach so gewirkt. Nun waren ihre Knie wieder weich, sie brauchte dringend Ruhe, das spürte sie, also ging sie zum Pfarrheim und traf vor der Türe Mme Schaeffel. Auf den Kieselsteinen saß die kleine Frederike und versuchte, ihre Haare zu binden; das goldene Haar hing ihr herab, und

Mme Schaeffel half ihr, während Frederike ernsthaft blickte. Es war ein ruhiges Bild, das Lena wohltat, die große ernste Frau und das blondgelockte Kind, das ganz still saß und sich die Haare flechten ließ. «Was für ein wundervoller Abend», sagte Mme Schaeffel freundlich und betrachtete Lena dann genauer. «Du wirkst ein wenig, als ob Du ein Gespenst gesehen hättest.» Lena murmelte, sie sei nur müde und wolle möglichst bald schlafen gehen, sie sei weit herumgekommen heute. «Nichts mehr zu essen?», wollte die Pfarrersfrau noch wissen, aber Lena schüttelte nur den Kopf, streichelte Frederike über das Haar und ging dann ins Haus.

Eigentlich hatte sie direkt in ihr Zimmer gehen wollen, aber aus dem Büro des Pfarrers fiel warmes Licht in die dunkle Eingangshalle. «Aah, da bist du ja. Schau doch kurz herein, Lena» tönte Pierres Stimme heraus. Also trat sie ein.

Der Pastor saß vor seinem PC, das Gesicht vom Bildschirm beleuchtet. Das war so ein warmes, vertrautes Strahlen, der Rest des Zimmers mit seinen Bücherregalen lag im Dunkel, nur ein Kreis von Licht und mittendrin Pierre Schaeffel. Er wandte sich um zu ihr, begrüßte sie herzlich, fragte nach ihrem Tag. Wies auf einen freien Stuhl. Also setzte sich Lena. Eigentlich hatte sie vorgehabt, gleich auf ihr Zimmer zu flüchten, niemandem zu vertrauen und vor allem kein Gespräch zu beginnen. Aber die süße kleine Frederike und die Pastorengattin hatten ihren Vorsatz ins Wanken gebracht; tief innen sehnte sie sich ja danach, würde es gut tun, zu sprechen mit dem ruhigen bärtigen Mann mit den großen Händen. Also saß sie da und verknotete ihr Hände und erzählte von den Lavattes und wie sie in der Schirgoutte geschwommen war, was dem Pastor ein helles Lachen entrückte. In all den Jahrzehnten seines Wirkens hier habe er schon viele Verrücktheiten begangen, alleine im Wald übernachtet und Ähnliches, aber im Mai in der Schirgoutte schwimmen, das müsse einem erst einfallen! Jetzt musste Lena ein wenig lächeln, der Knoten, der den ganzen Nachmittag irgendwo in ihrem Magen gewachsen war, begann sich zu lösen.

Dann begann Schaeffel von dem Kollegen aus dem Taunus zu erzählen, der ihn heute besucht hatte. Er stehe im E-Mail-Kontakt mit ihm, sie debattierten häufig theologische Probleme. Was für Probleme, fragte Lena höflich. Oh, zum Beispiel die therapeutischen Aspekte der Beichte. Beichte, hörte Lena sich fragen, aber die Protestanten haben ja keine Beichte, so wie keine Muttergottes und keinen Papst? Pierre lächelte, prinzipiell stimme das schon, doch gebe es auch hier verschiedene Ansätze, das sei ja das Besondere bei den reformierten Kirchen, da gebe es mehr Freiheit des Gewissens und der Abstufungen. Bei den Katholiken sei ja theoretisch alles vorgeschrieben. Auch wenn seines Wissens nach die persönlichen Interpretationsspielräume sehr weit seien. «Hast du überhaupt Zeit oder möchtest du nach oben gehen?» Lena wusste es nicht, aber der Stuhl war bequem und das Licht heimelig und Pierre so beruhigend. Sie nickte. Pierre erhob sich: «Cola?» Lena musste überrascht lächeln. «Trinken Pastoren Cola?» «Pastoren trinken ganz andere Sachen, aber du bist minderjährig. Und Pastoren haben Frauen, die sich sagen, wenn wir mal eine junge Dame im Haus haben, müssen wir auch eine Cola kaltstellen.» Er zwinkerte ihr zu und verschwand in Richtung Küche. Nun war Lena alleine, alleine mit dem sanft summenden Apple-Bildschirm und seiner heimeligen Geborgenheit, und plötzlich überkam sie wieder das unbändige Verlangen, kurz, nur ganz kurz, ihre E-Mails zu checken oder zumindest die Nachrichten. So mächtig war das Verlangen, dass sie schon beim Computer stand und ihre Finger die Tastatur berührten, ehe sie sich selber darüber bewusst war. Einen Augenblick lang kämpften widerstrebende Emotionen wild in ihr, dann zog sie ihre Hand langsam zurück. Und ging mit schweren Schritten zu ihrem Stuhl. Sie wusste, Pierre würde bald zurück sein. Er würde sehen, dass sie am PC gewesen war. Er würde sehen, welche News sie gesucht hatte. Und außerdem, sie hatte das beschlossen. Kein Handy, kein I-Pod, kein Internet. Nur der Rucksack, das Notizbuch und Büchner und das Steintal. Aber ihre Knie zitterten mächtig bei der Wucht des Begehrens, das sie eben überkommen hatte.

Später, mit der Cola in der Hand und einem Schüsselchen Wasabi-Chips vor sich, war der Schreckmoment eine ferne Erinnerung. Pastor Schaeffel hatte ein Bier in der Hand – Uberach, bemerkte Lena amüsiert – und war, das musste sie zugeben, ein wirklich guter Erzähler. Er berichtete von der Debatte mit dem hessischen Kollegen. Was, wenn jemand Schuld auf sich geladen habe, die ihm so übermächtig erschiene, dass das Vertrauen in die Gnade Gottes, in das kostbare Blut Christi nicht ausreichten? «Du kannst dir das sicher nicht vorstellen, Lena, aber es gibt Schuldgefühle, die können selbst mit Hilfe von Therapie nicht verschwinden. Wenn man glaubt, etwas ganz Furchtbares getan zu haben. Und das in sich hineinfrisst.» Lena konnte sich das viel besser vorstellen, als er glaubte, aber das vergrub sie tief in sich, machte das neutralste Gesicht, das sie zustande bringen konnte. «Das ist eine Situation, in der ein wirklich gutes Gespräch, das vielleicht die Lösung wäre, oft nicht möglich ist. Weil man glaubt, dass einen der andere verurteilen, ja verachten würde, wenn man es ihm erzählte.» Pastor Schaeffel machte eine Pause und nahm einen tiefen Schluck aus seinem Bierglas. Irrte sich Lena, oder hatte er sie über den Rand des Glases kurz scharf angeblickt, bevor er fortfuhr? «Ja und siehst du, Lena, in so einem Fall wäre so etwas wie die Beichte sehr wertvoll; da wird ja der Pfarrer zu einer Telefonleitung zu Gott, verschwindet gewissermaßen, und, so glauben es die Katholiken, Gott nimmt den Schwamm und wischt die Schuld so weg, das sie nicht mehr da ist; ja mehr noch...» Er machte eine Pause und setzte hinzu: «dass sie nie existiert hat. Und so etwas muss in manchen Fällen Wunder wirken können.»

Lenas Inneres fiel wie in einen tiefen Liftschacht, als sie den Gedanken zuließ... Eine Möglichkeit, das Geschehene ungeschehen zu machen. So sehr, dass es nie geschehen wäre? Das wäre die größte Befreiung, die sie sich vorstellen konnte. Das warme Licht des PCs umschloss sie, es war so stark, sie klammerte sich kurz an ihrem Colaglas fest, aber Schaeffel schien ihr inneres Ringen gar nicht zu bemerken und fuhr fort. «Ich habe keine katholischen Weihen, aber ich glaube: wenn jemand zu mir käme und mir so etwas anvertrauen würde, ich könnte sicher zu so einer befreienden Telefonleitung werden.» Alles in Lena revoltierte. Sie musste den Deckel fest geschlossen halten, konnte keinen Augenblick die Kontrolle verlieren, durfte sich keine Blöße geben. Und doch war der Gedanke wie Regen auf trockenes Land – reden und reden und die Schuld fortwischen. Und wem konnte sie jemals mehr vertrauen als diesem Mann mit dem struppigen Bart und den Schaufelhänden, der da vor ihr saß und sie erst seit kurzem kannte – und doch sie und ihre Ängste zu kennen schien? Der Kampf war noch am Wogen, da streifte Pierres Blick Lena wieder wie beiläufig, ein scharfer beobachtender Blick, wie ihr schien, und im selben Augenblick sah sie etwas am Fenster, das ihr einen eisigen Schrecken einjagte. Ein Gesicht war dort im Dunkeln erschienen, gehetzt, blass, mit nassen Locken, die ins Gesicht fielen. Es blickte in ihre Richtung, das Gesicht, drängend, mahnend, mit brennenden Augen. Sie wusste, wer es war, und da wusste sie sofort wieder, dass sie ihnen auf keinen Fall vertrauen konnte, dass sie ihre Lippen versiegeln musste und alles tief in sich verschließen. Wie hatte sie nur so dumm sein können, das zu vergessen? Um ein Haar hätte sie sich einlullen lassen, einen furchtbaren Fehler gemacht. All das hatte nur einen Augenblick gedauert, dann war das Gesicht wieder verschwunden. Aber der Augenblick hatte gereicht, Lena hatte sich im Griff, und das Beste war, Schaeffel hatte nichts mitbekommen, sondern fügte abschließend hinzu: «Mein Frankfurter Kollege meinte natürlich, ich sei dabei, mich zu einem elenden Katholen zu wandeln.» Er lachte dröhnend, Lena lachte zwar mit, trank danach aber keine Cola mehr und ließ auch ihre Wasabi-

Chips unberührt, sondern entschuldigte sich, sie sei sehr müde. So erklomm sie die Treppe, stellte fest, dass die Zimmertüre des Gastes fest geschlossen war, wagte nicht anzuklopfen und verschwand in ihr Zimmer.

5

In jener Nacht hatte Lena einen sehr lebhaften Traum. Sie stand in seiner Kammer. Er lag auf dem Bett, angezogen, das Mondlicht fiel auf sein abgewandtes Antlitz, er hatte die Augen geschlossen. Doch die Unruhe kam über ihn, er sprang auf in seinen schwarzen Kniebundhosen und seinem weißen Hemd, blickte wild umher, dass die feuchten schwarzen Locken flogen. Er nahm keine Notiz von ihr, obgleich sie ihn beinahe anfassen konnte. Lena sah jedes Detail des kargen, leeren Zimmers völlig klar vor sich, den Dielenboden, den zerschlissenen Umhang, der über dem grob geschnitzten Kleiderständer hing. Und das Mondlicht, das durch das Fenster hereinträufelte, und den im weißen Licht daliegenden Garten jenseits der Scheibe. Nur sein Gesicht, das konnte sie nie genau sehen, das war immer gerade abgewandt oder von Locken bedeckt oder im Schatten.

Jetzt fiel er auf die Knie, raufte sich die Haare, presste die Hände gegen die Schläfen, als ob ihm der Kopf zerspringen müsste und er ihn gewaltsam zusammenhalten müsse. All die schlechten Gedanken stiegen in ihm hoch, er konnte sie nur mit rastloser Tätigkeit zurückhalten, mit Gesprächen und mit raschem Gehen; aber jetzt, in der

Schutzlosigkeit des Schlafes und der Nacht, stürzte alles über ihm zusammen, und er wusste sich keine Hilfe. Jetzt sprang er hoch, lief hinkend an Lena vorbei zur Türe, und im Nu war er draußen auf dem Treppenabsatz. Lena folgte ihm auf Zehenspitzen. Erst wollte er die Treppe herabstürzen, aber dann besann er sich und wandte sich den Gang hinab, bis er vor Lenas Türe stand. Er schob sein Ohr an das dunkle Holz der Türe, und Lena stand hinter ihm und strengte auch ihre Ohren an, denn sie wusste, da drinnen lag sie selber und schlief, und kurz fürchtete sie sich, er könne eintreten und die schlafende Lena wecken und dann würde sie, die lauschende, beobachtende Lena verschwinden, vielleicht für immer. Doch er tat nichts dergleichen, er legte beide Hände an die Türe und atmete ein paar Mal tief, dann begann er zu stöhnen, das Stöhnen wurde zu einem tiefen *Brummen*, wie dem einer tiefen Pfeife, einer *Haberpfeife*. Er schien auch in Agonie zu sein, denn jetzt riss er sich wieder los, stürzte den Gang herab und auch gleich die Treppe hinunter, und Lena hatte alle Schwierigkeiten, ihm zu folgen. Weiter flogen sie, am offenen Arbeitszimmer des Pastors vorbei, an dem heimeligen Lichtschein, doch keine Zeit, keine Zeit, schon flog die Haustüre auf und er hastete draußen über die Kieselsteine, auf denen Frederike gespielt hatte, auf den grob gehauenen steinernen Brunnentrog zu. Sie sah die Steinhauerarbeiten an der länglichen Steinwanne ganz deutlich, das Wasser stand bis zum Rand, aber sie wusste schon, gleich würde es überschwappen, denn er würde sich hineinstürzen, um die drängende Gedankenflut zu kühlen und zu beruhigen, wie sie selber es in der Schirgoutte gemacht hatte.

Schon klatschte das Wasser wild auf, schon schlug er schnaufend und prustend um sich, hier erhob sich ein nasses, bestrumpftes Bein im Mondlicht, dort erschien sein triefnasses, bleiches Antlitz über die Oberfläche des Wassers. Aber bald beruhigte er sich, spritzte weniger, verlangsamte seine Gliedmaßen, denn jetzt begann die kühlende Wirkung des Wassers ihn zu erfassen. Ruhiger und ruhiger wurde er, und dann sank er nach einem letzten Aufseufzen unter die Wasseroberfläche. Lena warf einen kurzen Blick über die Schulter, ob in dem Haus Lichter angegangen waren, aber alles blieb ruhig bei den Oberlins. Dann trat sie langsam näher an den Brunnentrog heran, beugte sich darüber. Und da sah sie tief in das klare, vom Mondlicht erfüllte Wasser hinein, sah die Staubpartikel im Wasser tanzen, die schleimigen glitschigen Wände aus Stein, und dann sah sie auch ihn, ganz, ganz unten, schon fast unmöglich weit weg, mit geschlossenen Augen, seine schwarzen Haare wie Meeralgen rings um die Schläfe wehend, sein Gesicht immer genau so verdeckend, dass sie es nicht erkennen konnte. Aber einzelne Details sah sie, aus seinen Nasenlöchern stiegen etwa winzige Reste von Luft heraus, funkelten im lichtdurchfluteten Wasser und strebten nach der Oberfläche des Bottichs. Und zugleich stieg auch die himmlische Kühle und der Frieden des Wassers zu Lena auf, ein Dufthauch von Stein und glitschigem Moos, so dass Lena sich unwillkürlich näher heranbeugte, bis ihre Nasenspitze die Wasserfläche fast berührte.

Lena fühlte, wie sich ihr ganzer Körper mit Frieden füllte, und selig öffnete sie sie Augen und blickte in den Grund. Auch er hatte seine Augen jetzt geöffnet und blickte sie an, seine Haare schwammen im Wasser zur Seite, so dass sie endlich, endlich sein Antlitz sehen konnte, und da sah sie, es war *ihr Vater*, er sah ihr direkt in die Augen, und dann schoss urplötzlich seine Hand empor und fasste sie am Kragen und zog sie mit einem ungeheuren Ruck ins Wasser, so dass es jetzt an ihr war, zu spritzen und zu patschen, sich gegen diesen eisernen Zug zu wehren, der sie tiefer ins Nass ziehen wollte. Wild schlug sie um sich und wollte um Hilfe schreien, doch ihr Mund füllte sich sofort mit Wasser und es gelang nicht. Aber ihre Hände konnte sie benutzen, und Lena ruderte mit ihnen herum, bis sie den Rand des Steintroges zu fassen bekam, nur dass er gar nicht reliefiert und glitschig, sondern glatt und kühl war; jetzt, wo sie einen festen Griff hatte, ließ die eiserne Faust aus der Tiefe sie los, und Lena konnte ihren Kopf aus dem Wasser heben. Im Mondlicht sah sie aber nicht den Vorplatz des Pfarrhauses, sondern eine kahle Wand, eine Decke über sich, und wie das Mondlicht matt in einem Spiegel reflektierte. Lena war so beschäftigt damit, wieder Luft schnappen zu können, dass sie ihre Verwirrung nach hinten schob und erst einmal versuchte, sich aufzurichten. Sie war, so weit sie sah, nicht in einem Brunnentrog, sondern in einer weißen Badewanne, und nun wusste sie, es war ihr Badezimmer, in dem sie sich befand. Eine Schrecksekunde lang starrte sie nach unten ins Wasser, ob die Gestalt dort auf sie lauerte, aber da war gar nichts, nur kaltes Badewasser, in welchem sie kniete.

Verwirrt und ziemlich erschöpft tastete sie sich aus der Wanne heraus, rutschte dabei einmal fast aus, fühlte den Wannenvorleger weich unter ihren Füßen, suchte den

Lichtschalter und schaltete ein. Nachdem ihre Augen sich an das grelle Licht gewöhnt hatten, blickte sie in den Spiegel über dem Waschbecken. Da stand eine triefnasse Lena in Unterwäsche und starrte sie müde und verwirrt an. Zum Glück hatte die gute Frau Oberlin ein weiches Handtuch aufgehängt, Lena riss sich die nassen Sachen herunter und wickelte sich fest hinein, während ihre Finger immer stärker zu zittern begannen. Als sie sich lange genug abgerubbelt hatte, als nur noch ihre Haare feucht waren, schlüpfte sie in das übergroße altmodische Nachthemd, schaltete das Licht aus und schlich auf den Gang hinaus. Sie tappte bis zu ihrem Schlafzimmer und trat rasch ein.

Das Letzte, was durch ihren Kopf ging, bevor sie wieder einschlief in ihrem Federbett, war die Erinnerung an das Gesicht ihres Vaters und an diesen himmlischen, alles umfassenden Frieden, den sie beim Steinbottich erspürt hatte.

6

Als Lena erwachte, blickte ein trüber Morgen durchs Fenster herein. Eine graue Wolkendecke lag am Himmel und senkte sich mit bleierner Schwere auf sie herab, eine bedrückende Lustlosigkeit, eine Leere. Sie blickte im Zimmer umher, doch sie sah nichts, das sie bewegen konnte, vom Bett aufzustehen. Langsam kam auch die Erinnerung an die Ereignisse der Nacht zurück, sie betastete ihre Haare, die noch feucht waren, einen Augenblick lang versuchte sie, sich an den Frieden zu erinnern, den sie gespürt hatte, doch nichts davon interessierte sie wirklich. Sogar das Gesicht ihres Vaters war bereits verflossen, sie erinnerte sich nur noch an die Locken und die Bläschen, die aus der Nase aufstiegen. Wenn sie ihr Handy dabei gehabt hätte, wäre alles anders gewesen, aber in ihrer idiotischen Planung hatte sie diese Möglichkeit natürlich ausgeschlossen. Und eigentlich hatte sie auch keine Lust auf das Handy. Oder auf ihr ödes langweiliges Notizbuch, oder auf den Scheiß-Lenz. Sie hatte Lust auf gar nichts. Also würde sie gar nichts tun. Vor allem würde sie nicht aufstehen, da würde sie ja sehen, ob die da unten sich für sie interessierten, Pierre und seine Frau.

Sie musste eine ganze Weile warten, bis tatsächlich leise

Schritte die Treppe hinauf- und den Korridor herab zu ihrer Türe kamen; bis Mme Schaeffel schüchtern anklopfte und den Kopf zur Türe hereinsteckte. Sie lächelte aufmunternd, als ob ihr was an Lena läge. Wo war sie heute Nacht, als ich sie gebraucht habe, dachte Lena gleichgültig, wo ist sie überhaupt je gewesen, wenn ich sie gebraucht habe? und kurz durchzuckte sie so etwas wie Ärger. Aber das wäre ja viel zu viel Investment gewesen, an einem Tag wie diesem. Dann sah sie, dass die Pastorsgattin ihr ein Tablett mit einem Frühstück gebracht hatte, und das rührte Lena ein wenig an, weil sie es nicht erwartet hatte. Und doch lag die Langeweile und die Gleichgültigkeit wie eine bleierne Decke auf ihr und machte ihre Glieder matt und träge.

Trotzdem trank sie den heißen süßen Kakao und sah sehr wohl, wie Mme Schaeffel mit einem besorgten Gesicht in der Ecke des Zimmers saß und sie beobachtete. Dann biss sie in einen Zwieback, der ohne Butter mit Erdbeermarmelade bestrichen war, und urplötzlich erinnerte Lena sich daran, wann ihr das letzte Mal jemand ein Frühstück ans Bett gebracht hatte. Das war allerdings eine Weile her. Damals war sie elf gewesen und sie saß in ihrem Bett in Frankfurt, ihr Hals schmerzte und ihre Ohren zogen, sie roch nach säuerlichem Schweiß und hatte eine sehr ekelhafte Nacht hinter sich gehabt, die zweite ihrer Grippe. Sie wurde von einem leisen Klopfen geweckt, es war ihr Vater. Er hatte ein Tablett in der Hand und hätte, das wusste sie trotz ihres verwirrten Zustandes, eigentlich längst in der Arbeit sein müssen. Papi arbeitete in einem großen Verlag und leitete eine Abteilung. Er musste, das hatte er Lena erklärt, als Erster da sein und als Letzter gehen. Deshalb, und das hatte er ihr ebenfalls erklärt, konnte er sie morgens nicht zum Gymnasium fahren, was er eigentlich gewollt hätte. Ab und zu tat er es aber trotzdem, und diese Momente hatten eine beinahe magische Qualität für Lena. Der Geruch des Wageninneren, gemischt mit dem Kaffeeduft – Papi hatte immer eine Tasse Milchkaffee in einem Halter dabei –, die klassische Musik aus dem CD-Spieler, die leisen Konversationen im Frankfurter Frühverkehr, das wachsende Bauchweh, je näher man der Schule kam, und dann immer viel zu früh das Ende der gemeinsamen Fahrt – das waren die besten Momente mit Papi. An diesem Morgen vor sechs Jahren konnte ihr Vater sie natürlich nicht in die Schule bringen, da blieb sie mit Schluckschmerzen im Bett; aber er hatte ihr doch ein Tablett gebracht, auf dem neben einem eklig geschmacklosen Kamillentee ein dünn mit Marmelade bestrichener Zwieback lag. Eigentlich, erklärte Papi ihr, als er sich neben sie setzte, hätte er ihr den Zwieback ohne Marmelade bringen müssen, aber er dachte sich, so ginge er besser runter. Und dann ging er nicht sofort in die Arbeit, sondern blieb doch tatsächlich neben ihr sitzen, während sie den Zwieback kaute und unter Schmerzen schluckte und mit dem Kamillentee nachspülte und doch selig war, weil ihr Vater bei ihr saß. Ob es gehen würde, fragte Papi sie, und Lena antwortete, es wäre nicht so schlimm, wenn nicht die Langeweile wäre. Und sie lächelte verlegen und zeigte ihm die Gestalten, die sie mit Bleistift an die Wand des Bettes gezeichnet hatte, gestern und heute Nacht, während sie fiebernd wach lag. «Du bist ja ein kleiner

Lenz» entfuhr es ihrem Vater da unwillkürlich, und nun wollte Lena wissen warum, und ihr Vater lachte und meinte, dem Lenz sei es auch langweilig gewesen, und auch er habe Figuren an die Wand gezeichnet. Und auf ihr Nachfragen hatte er ihr erklärt, der Lenz sei die Hauptfigur in einem ganz kurzen Romanfragment seines Lieblingsschriftstellers Georg Büchner. Liest du mir den Lenz vor, wenn du heute Abend zurück kommst? fragte Lena aus einem Impuls heraus, aber der Vater schüttelte lachend den Kopf und meinte, dafür sei sie eigentlich zu jung, das sei eine sehr ernste Geschichte. Wenn sie größer sei, vielleicht.

Aber später, als Papi schon in der Arbeit war und Mami ihre Zeitung las, tapste Lena in Schlafrock und Pantoffeln in das Wohnzimmer und ging zum Bücherregal. Was suchst du?, wollte Mami wissen, aber es interessierte sie eigentlich gar nicht sehr, das merkte Lena genau; Mami musste nicht ins Büro, sie konnte zwei Tage in der Woche von zu Hause arbeiten, denn sie war Lektorin damals, übrigens bei einem anderen Verlag als Papi; sie musste Bücher lesen und dann einen Bericht darüber schreiben, ob der Verlag sie kaufen sollte; das hatte Papi Lena einmal erklärt, und dass sie meistens dagegen war, die Bücher zu kaufen; das mache eine gute Lektorin aus, hatte er lachend hinzugefügt; Mami guckte jedenfalls kurz erstaunt, als sie den Namen Büchner hörte, wies ihr aber dann doch die grobe Richtung, wo die weiße dtv-Ausgabe stand, und Lena nahm das Buch mit ins Bett. Dann suchte sie zwischen all den verwirrenden Theaterstücken und Artikeln, die Büchner offenbar geschrieben hatte, den Text. Sie las

Aufrufe über «Friede den Hütten, Krieg den Palästen» und Briefe, und irgendwas über die Französische Revolution. Aber dann fand sie den Lenz, ein paar Seitchen war er nur lang. Sie vertiefte sich hinein. Ihr Vater hatte natürlich recht, sie verstand fast nichts von dem verwirrenden Text, der so unvermittelt begann und so seltsam weiterging, und außerdem zwang sie das Fieber, recht bald wieder aufzuhören. Aber an diesem Abend saß Papi an ihrem Bett und las ihr einige Seiten vor, und Lena merkte, wie sehr er den Text liebte, und da kam er ihr schon viel weniger fremd vor.

All das ging Lena durch den Kopf und füllte sie mit Wärme, und kurz hatte sie die Hoffnung, der Tag würde gar nicht so schlimm werden, aber es war eben doch nur wie der plötzlich durch die Wolken brechende Sonnenstrahl in einer ansonsten geschlossenen Wolkendecke; denn als der letzte Rest des dicken süßen Kakaos getrunken und das letzte Brot gegessen war, da senkte sich die Langeweile auf sie herab, die Leere und die endlose Langeweile. Sie schaffte nur ein knappes höfliches Dankeschön, als Mme Schaeffel ihr Tablett wieder abräumte und aufmunternd sagte, sie würde, wenn sie wollte, nachher mit ihr das berühmte Museé Oberlin besuchen. Natürlich konnte Lena nach all den Nettigkeiten nur ja sagen. Und das war, wie sich nachher herausstellte, eine ganz ganz blöde Idee gewesen.

Sie gingen die wenigen Meter Straße hinunter zum Museum, die Attraktion der ganzen Gegend übrigens, erläuterte ihr die Pastorin begeistert, und richtig kam ihnen eben eine Schulklasse mit Fragebögen in den Fingern entgegen, die Kinder hatten in aller Frühe schon alles über Pastor Oberlin gelernt, und wie er ein völlig verarmtes, von Krankheiten geplagtes Tal, das Steintal, wenn nicht in einen blühenden Garten Eden, so doch wenigstens in einen bewohnbaren Ort verwandelt hatte. Die Kinder hatten, das wusste Lena in diesem Augenblick, auf ihren Zetteln die Errungenschaften der Moderne aufzählen müssen, welche Oberlin Ende des 18. Jahrhunderts hierher gebracht hatte. In ihren Köpfen spukten jetzt Flachsfabriken und moderne Ackerbauwerkzeuge, Medizinen und strohbedeckte Hütten herum. Und doch ließ all das Lena völlig kalt. Wenn sie gestern (vorgestern?) beim Oberlin-Medaillon in der Pfarrkirche schon ein Gefühl von Kälte verspürt hatte, so war das noch mehr der Fall, als sie eine Eintrittskarte in das Museum gelöst hatten und Mme Schaeffel ihr eine Führung gab. Sie fühlte sich von sich selber entkoppelt, beobachtete ohne großes Interesse die andere Lena, welche hinter der Pastorsgattin herschlurfte. Diese hatte sich die kleine Frederike umgebunden und somit die Hände frei, sie gestikulierte und wies auf Exponate und malte Bilder in die Luft, während Frederike schlief, und sie gab sich redlich Mühe, Lena die Sache schmackhaft zu machen. Aber das war völlig vergebens; was Lena interessieren mochte, war vielleicht das alte Pfarrhaus, war der Lebensraum Oberlins; doch dieses hier war ein steriles Museum, Räume, modern architektonisch eingerichtet, mit drahtschnurbasierten Leuchtkörpern an der Decke, und in ihrem Lichte Reihen über Reihen von sauber geschnittenen Vitrinen aus hellem Holz mit Büchern und Stichen und Präparaten. Sicher, man hätte sich über die sonderbaren ausgestopften Tiere und Mineralien ereifern können, hätte die Originalbriefe des Pastors bewundern können, aber – wozu? Was hätte das Lena sagen können? All das hatte ja nichts mit Lenz zu tun, gar nichts, es war wie eine schlechte Parodie auf alles, was sie an der Geschichte ansprach; so wie sie in der Pfarrkirche mit ihrem kühlen, steinigen Geruch den Lenz geradezu an ihrer Seite gespürt hatte, so war hier eben nichts, absolut gar nichts, sie konnte sich fast einbilden, in einem Raum des Senckenberg-Museums in Frankfurt zu stehen und ein staubiges Dinosaurierbein zu betrachten, und das bedrückte und beschwerte sie unendlich. Dabei schien es ihr, als werde es in den Räumen immer dunkler, als verschwinde das Licht. Unruhe erfasste Lena, sie wollte sich bald hinsetzen, bald suchte sie nach einer Entschuldigung, um das Museum zu verlassen, und konnte es doch nicht, weil Mme Schaeffel sich doch solche Mühe gab und sie beharrlich weiterführte und die Höflichkeit es ja verbot. Endlich, als sie einen Großteil der Räume gesehen und viel zu viele Ausstellungsstücke gebührend bewundert hatte, regte sich die kleine Frederike und hatte offenbar Hunger, denn sie begann zu krähen; da endlich brach Mme Schaeffel die Tour ab und eilte mit einer Entschuldigung zum Ausgang, Lena hintennach.

Als sie wieder zum Pfarrhaus kamen, wartete dort eine Überraschung auf Lena. Wieder war ein Besucher gekommen, aber diesmal keiner aus Frankfurt. Ein Motorrad stand auf dem Kies vor der Türe, und als sie eintraten, stand in der halbdunklen Eingangshalle, etwas verloren, Jacques-Michel Lavatte und hielt seinen Helm unter dem

Arm. Er trug eine Lederjacke, aber offen, darunter wieder sein weißes Hemd. Lena zuckte zusammen, als sie ihn sah, erst wurde ihr heiß und kalt, dann folgte gleich der Gedanke: ich habe mich geirrt, er hat ja gar keine schwarzen Locken, sondern eher normale dunkle Haare. Schon etwas länger, aber keine Locken. Oder waren sie einfach vom Helm an den Kopf gepresst worden? Sie hatte aber gar keine Zeit, es zu entscheiden, denn Frederike schrie und Mme Schaeffel zog Lena und Jacques-Michel in die Küche hinein und begann, der Kleinen einen Brei zu machen. Sie murmelte die üblichen Sachen, während sie rührte, bist-du-aber-groß-geworden und läßt-du-dich-auch-mal-blicken?, während Jacques-Michel verlegen grinste und seinen Helm wie einen Fremdkörper hin und her drehte, bis er ihn schließlich auf einen Stuhl legte. Lena hatte gar keine Zeit, sich wirkliche Gedanken zu machen, so unerwartet war diese Wendung gekommen, sie hatte vergessen, wie grau und hoffnungslos der Tag begonnen hatte, sogar der Traum der Nacht war verblasst. Mme Schaeffel forderte den Besucher endlich auf, sich zu setzen, und wies beim Füttern der jetzt schon viel zufriedeneren Frederike auf die Kanne mit dem Kaffee und die Milch, die auf dem Küchentisch standen. Also goss sich Jacques-Michel einen Kaffee ein, erzählte von der Schreinerei in Straßburg, blickte kein einziges Mal zu Lena und meinte schließlich, ganz allgemein in ihre Richtung, aber immer noch, ohne sie anzusehen, er würde jetzt einen kleinen Ausflug machen, ob sie vielleicht mitkommen wollte? «Auf dem Motorrad?», entfuhr es Lena unverhofft, und Jacques-Michel nickte und nahm einen Schluck Kaffee. Mme Schaeffel blickte vom Füttern auf, musterte die beiden jungen Leute, wie es schien, mit einem ihrer mütterlichen Blicke, nickte beiläufig und wandte sich wieder Frederike zu. «Aber ich hoffe, du hast einen zweiten Helm dabei.»

Draußen reichte Jacques-Michel ihr einen grünen Motorradhelm und meinte: «Schau, ich weiß, dass du am Champ-de-Feu warst. Das hat mir Papa erzählt. Du hast aber die Schneeflächen nicht gesehen, richtig?» Lena nickte und setzte sich den Helm auf. «Vielleicht sehen wir sie heute, ich kenne eine Stelle. O.k.?» Seine Stimme klang nur etwas gedämpft durch den Helm durch. «O.k., Jacques-Michel. Aber heute ist es grau.» «Überlass mir das. Und ich heiße Jacquot.» «Und ich Lena.» Jetzt schaute er ihr doch kurz in die Augen, es war ein leichter, angenehmer Blick, und dann checkte er kurz sein Handy und steckte es dann weg, und Lena überflutete eine Erleichterung:

es gab noch Handys! es gab Motorräder!

Und als sie sich hinter Jacquot setzte, sich mit den Oberschenkeln an dieses fremde Gefährt presste und ihn mit beiden Armen umklammerte, als sie das Leder seiner Jacke roch, der wummernde Motor ansprang und die Kraft des Motors in ihren Bauch hochstieg; als sie dann losfuhren und sich gleich bei der Kirche zweimal unmöglich flach in die Kurve legten, um auf die Rue de la Suisse zu gelangen, so dass sie fast erschrak, so nah kam der Asphalt an ihre Schulter heran; da hatte sie, das erste Mal in den letzten Tagen, das Gefühl, als hebe sich eine Zimmerdecke unerwartet und gebe einen wolkenlosen blauen Himmel frei.

7

Sie röhrten durch Waldersbach, und Jacquot gab beiläufig mitten im Ort Gas, so dass es Lena ganz schwindelig wurde. Das war überhaupt der Eindruck in ihr, eine schwindelerregende Leichtigkeit, als sie durch den Ort brausten und ihn in Richtung Bellefosse verließen. Das waren dieselben Wege, die sie in den letzten Tagen immer und immer wieder verbissen gegangen war, und doch wirkten sie völlig anders, fröhlicher, leichter, weniger wichtig und bedeutsam. In Augenblicken sausten schon die gewölbten waldigen Hügel an ihnen vorbei, sie legten sich in eine Kurve und noch eine, und schon waren sie am Eingang von Bellefosse. Lena kam gar nicht dazu, rechts hinauf in den Hang zu blicken, in den Waldhügel, wo das Tal mit der Hütte lag; all das war völlig unwirklich geworden gegen die Wirklichkeit der Lederjacke und der Gleichgewichtsverlagerungen, die sie im Bauch kitzelten. Jetzt rief Jacquot etwas, das wie Bellefosse klang, Lena nickte mit ihrem Helm gegen seinen Rücken, das musste er ja spüren, es war herrlich, dass sie gar nicht reden musste, dass sie durch Berührung etwas kommunizieren konnte.

Sie ließen Bellefosse und seine Kirche hinter sich und begannen, die waldigen Höhen zu erklimmen – eine enge

Serpentinenstraße schraubte sich am Hang hinauf, vorbei an einer Burgruine auf einer unendlich steil wirkenden Felsnadel. Das war, sie wusste es, das Château de la Roche; sie kannte es von Google Maps, aber der Anblick war ihr neu, am ersten Tag war sie ja hier nicht vorbeigekommen. Dann tauchten sie in den Wald ein und knatterten um weitere Asphaltkurven. Kurz blickte sie nach hinten, sah Bellefosse liegen und dahinter, halb verborgen jenseits von sanften Hügeln, das Dörflein Waldersbach, unendlich fern für sie jetzt. Auch den bedrückend grauen Wolkenhimmel sah Lena kaum, die Baumstämme rückten ja so nahe heran und sie klammerte sich fester an Jacquot. Ein Lachen entrang sich ihrer Brust, ein raues, wildes Lachen, es war so befreiend, und sie sah, wie sich Jacquots Helm ein wenig drehte und er in ihre Richtung blickte, erstaunt? Da klopfte sie ihm auf die Schulter, er nickte und beschleunigte dann so urplötzlich, dass ihr der Atem in die Magengrube rutschte und sie die Zähne zusammenbeißen musste. Doch während sich das Motorrad flach in die Kurve legte, kam in vielen Fragmenten immer wieder der Gedanke bei ihr an: jetzt wird alles gut. Jetzt wird alles gut.

Dann brachen sie auf eine Lichtung heraus, oben auf der Anhöhe. Lena hatte Zeit, sich umzusehen, sie waren auf dem Schneefelde, das kannte sie von damals; am Himmel zogen graue Wolken, das Gestein sprang zurück, der graue Wald blieb rechts von ihnen, jetzt merkte sie, in den Bäumen hingen plötzlich Nebelfetzen, und kurz schien es ihr, als höre sie Stimmen rechts aus den Felsen, lockende Stimmen waren es, die ihres Vaters war auch darunter, das spürte sie, aber sie wollte sie nicht hören, wollte sie nicht sehen, die grünen Flächen, Felsen und Tannen, sie *durfte* nicht darauf achten, sie wollte hier und jetzt sein und einfach erleben, also wehrte sie sich und schob alles weg und roch wieder den Geruch der Lederjacke, und die Stimmen verstummten.

Jacquot wies auf einen Wald links, verlangsamte das Motorrad, bis Lena ihn verstehen konnte, und rief über die Schulter: «Forêt de la Schirgoutte!» Wieder nickte Lena, hier entsprang also der Fluss, aber sie beschloss, nicht weiter über all die Dinge nachzudenken, die nachdrängten. Sie merkte genau, sie musste vorsichtig sein, über *was* sie nachdachte, sie musste manchen Gedanken schwere Riegel vorschieben und nur im Augenblick leben, den Moment festhalten. Genau wie sie Jacquot festhalten musste, um nicht vom Motorrad zu fallen. Das war es, was sie immer wieder zurückholte, die Lederjacke, gegen die sie ihr Gesicht presste.

Dann sagte Jacquot etwas, sie blickte auf, und da waren sie schon nahe der Kreuzung der drei Landstraßen, wo der Aussichtsturm an der D 57 stand. Lena kannte ihn von ihrer Wanderung, ein hoher, schieferroter Turm an einem Waldstück mitten in der Höheneinsamkeit, mit einem Parkplatz davor. Sie hatte ihn immer gemieden, denn hier waren Touristen, sie spürte es, und andere Menschen wollte sie damals nicht treffen und auch jetzt am liebsten nicht. Sie wollte mit Jacquot alleine sein und die Freiheit auskosten, die sich in ihrer Brust breitmachte. Jacquot wies auf den Turm, sagte etwas von «La Tour de…», aber das letzte Wort verschluckte der Wind, als er wieder Gas gab und vor dem Turm rechts abbog, fort von dem Touristendenkmal und den davor geparkten zwei, drei Autos, die Lena im Vorbeihuschen erkennen konnte. Und gleich drauf verschluckte sie wieder der Wald.

Etwa drei Minuten später bog Jacquot auf einen kleineren Waldweg rechts ein und verlangsamte das Tempo. Lena wurde ordentlich durchgeschüttelt und klammerte sich noch fester an Jacquots Rücken an, wenn das überhaupt noch möglich war. Dann war die gesegnete Fahrt aber schon vorbei, sie kamen an den Waldrand und hinaus auf eine karge Höhenwiese. Und nun blieb Jacquot stehen und ließ sie absteigen. Lena stellte sich etwas wackelig auf den Boden, ihre Beine waren gebogen wie die der Cowboys in den Lucky Luke-Comics, das würde einen Muskelkater geben morgen. Sie zog sich den heißen Helm vom Kopf, hörte den feinen, sausenden Wind, der hier über das Hochplateau strich, schüttelte ihre Haare aus und sah sich um: es erinnerte sie ein wenig an die Lüneburger Heide. Und die Landschaft gab ihr irgendwie die Illusion, sich immer noch zu bewegen. Jacquot zog jetzt seinen Helm aus und drehte sich zu ihr um und blickte sie ernst an, nein, da war ein kleines Grinsen in seiner Ernstheit. Also lächelte Lena schief zurück. Dann wies er nach vorne, nach Osten (das wusste sie, weil die D 7 von Süden nach Norden führte). Und Lena folgte seinem Finger und sah, jenseits des querenden Beustales, unter dem zerrissenen Gewölk über dem dunklen Jura, ganz in der Ferne etwas matt Weißes blitzen. «Die Gletscher?», fragte sie scheu, ungewohnt, ihre Stimme zu hören, sie hatten die letzten 20 Minuten ja gar nicht geredet. Und ihre Ohren dröhnten noch von der Fahrt. Jacquot nickte. «Man sieht ganz weit von hier», sagte er, «darum kommen auch Astronomen hierher. Wir sind auf über tausend Meter. Die anderen gehen immer nur zum Turm, aber hier hat man einen viel besseren Ausblick.» Lena sah sich in aller Ruhe um und dachte, Büchner hatte recht gehabt, Büchner war auch hier gewesen, nicht beim Turm, denn den hatten sie erst 1898 gebaut, und wie sie so blickte, so weit der Blick reichte, nichts als Gipfel, von denen sich breite Flächen hinabzogen, und alles so still, grau, dämmernd, da wollte die Einsamkeit wieder nach ihr greifen und die Angst. Hilfesuchend blickte sie sich nach Jacquot um, merkte der denn gar nicht, was in ihr geschah, aber der kramte etwas aus der Tasche am Motorrad hervor, und als sie es sah, war es wieder genau das Richtige, Jacquot konnte heute einfach nichts falsch machen: belegte Brote und eine Flasche Bier.

Sie setzten sich auf die leicht klamme Wiese, an einen der letzten Bäume gelehnt, und aßen die Brote. Lena hatte sich nie etwas aus Bier gemacht, dieses Sprudeln und das Bittere, das sagte ihr gar nichts, aber hier, mit den Wurstbroten, da schien sogar das zu passen, und das tat es, denn es war ja L'Alsacienne sans culotte, das wahrscheinlich beste Bier im Elsass! Und irgendwie passte sowieso alles, so hier mit Jacquot und der schönen Aussicht und dem Heideboden unter dem Rücken. Lena schaute auf ihr Wurstbrot und stellte sich vor, wie er in der Küche des Lavatte'schen Hauses in Blancherupt gestanden hatte, um ihre Brotzeit vorzubereiten, und das hatte so eine beruhigende Normalität und Erdung, ihm dabei zuzusehen. Das hat er alles für *mich* vorbereitet, durchfuhr es sie, und ihr wurde richtig warm ums Herz. Er hat sich was dabei gedacht, hat es (*von langer Hand vorbereitet?*). Lena zuckte bei diesem letzten Halbsatz zusammen, ihr fröstelte, und um irgendetwas zu tun, fragte sie Jacquot, woher er diesen Platz kenne. Da begann er zu erzählen.

«Ich bin hier früher oft herumgeklettert und gewandert, weißt du? Ich kenne das Champ-de-Feu vorwärts und rückwärts.» «Und warum?» «Naja, ich lebe hier, und dann haben mir meine Eltern so ein Buch mit Sagen der Vogesen geschenkt, da wollte ich immer die Orte finden. Über das Champ-de-Feu gibt es viele Geschichten. Zum Beispiel, die Kreuzung da vorhin, mit dem Turm, da ging eine Römerstraße durch, die nannte man den Teufelsweg. Dieser kleine Waldweg eben, den wir hergefahren sind, das war eine große und wichtige Straße, vor 2000 Jahren.» Lena blickte staunend hinter sie, auf den verwachsenen holprigen Waldweg, und schüttelte den Kopf. «Echt jetzt?» Jacquot nickte. «Einmal», meinte er leise, «aber das habe ich noch niemandem erzählt, also lach mich nicht aus...», und er sah zu Lena, die ernst nickte, also fuhr er fort: «Einmal, vor Jahren, bin ich auf einer Brücke hier oben ausgerutscht und fast ins Wasser der Schirgoutte gefallen, da hat mich eine unsichtbare Hand gehalten und ich habe eine Stimme gehört, die zu mir gesprochen hat.» Lena schaute auf den Boden, wartete, dann: «Und was hat sie gesagt, die Stimme?» Jacquot starrte in die Ferne. «Das habe ich vergessen.» Jetzt blickte er auf die Uhr, schien nervös zu werden, aber Lena wollte diesen Moment festhalten. Was konnte sie tun? «Erzähl mir doch mal so eine... so eine Vogesengeschichte.» Jacquot überlegte. «Also meine liebste ist die von der Hütte.» «Der Hütte?», echote Lena, und sie fühlte sich auf einmal ganz taub. Jacquot nickte. «Der Hütte im Tal.»

Weil Lena darauf gar nichts sagte, nahm er einen Schluck Bier und begann zu erzählen.

«Vor vielen vielen Jahren lebte eine Familie in einer Hütte, in einem Tal oberhalb des Steintals. Man ist sich nicht sicher, ob es am Champ-de-Feu war oder näher an Blancherupt. Die Familie, das waren ein Köhler und seine Frau und auch die Tochter. Es war eine wilde Zeit, es gab Räuber und Wölfe und auch Bären damals. Sie hatten es nicht leicht, der Köhler und seine Familie, aber sie kamen so eben durch. Nur eines wunderte die Tochter immer: warum sie oft, wenn sie nachts aufwachte, ihren Vater nicht im Bette bei der Mutter liegen sah? Doch morgens, wenn sie erwachte, war er immer wieder da. Sooft sie sich auch bemühte, sie sah ihn nie gehen oder wiederkommen. Doch einmal, als ihr Vater fort war, hörte sie so ein Brummen und Kratzen rund um das Haus. Das wollte nicht aufhören, sie fürchtete sich. Doch schließlich war sie wieder eingeschlafen, und am Morgen lag der Vater wie gewohnt in seinem Bette.

Eines Morgens aber, da war der Vater weg und kam auch nicht wieder. Er blieb viele Tage weg, und als das Mädchen die Köhlerin fragte, wo er blieb, da schüttelte diese nur den Kopf und sagte nichts. Doch eine Nachts, da war wieder ein Kratzen und Brummen rund um das Haus, und diesmal erwachte auch die Köhlerin. Durch das kleine Fensterchen sah man einen mächtigen Schatten ums Haus streichen. Die Köhlerin nahm eine große scharfe Hacke und wollte hinausgehen, den Bären töten. Denn die Köhlerin war gefürchtet stark. Doch das Mädchen flehte sie an, es nicht zu tun. Das sei kein Bär, flehte sie, sie solle ihm nichts tun. Doch die Köhlerin ging hinaus. Da nahm auch die Tochter einen Prügel, um sich zu bewaffnen, und ging hinaus ins Dunkel. Und sie kam zu ihrer Mutter, wo diese eben dabei war, mit der Hacke einen großen Bären zu erschlagen. Da überkam die Tochter ein mächtiger Zorn, sie schlug ihre Mutter nieder, und wie sie aus ihrer Wut wieder zu sich kam und die Sonne aus dem Osten ins Tal hineinleuchtete, da hatte sich der tote Bär in ihren Vater verwandelt, und daneben lag, ebenfalls tot, die Mutter. Dann verschwand der Bärenvater, die Tochter trug die tote Mutter in die Hütte und bettete sie in einen Sarg, eine rote und eine weiße Rose auf der Brust. Nachdem sie dies getan hatte, wurde die Tochter halb rasend vor Verzweiflung, sie schrie und weinte und sprach schließlich einen furchtbaren Fluch über die Hütte aus.

So verschwanden Hütte, Vater, Mutter und Tochter auf einmal aus dem Tal. Doch ab und zu gelingt es einem Wanderer, die Hütte im Tal zu sehen. Er sieht dann durch das Fenster ein Mädchen vor einem offenen Sarg stehen. Wenn er den Mut hätte, hineinzugehen und das Mädchen anzusprechen, würde er sie erlösen. Aber keiner hat es bisher gewagt.»

Nach dieser Geschichte sauste eine Weile der Wind hohl über die Höhen des Champ-de-Feu, und Lena sagte überhaupt nichts. Doch sie musste sich am Boden abstützen, und jetzt fiel es sogar Jacquot auf. «Du bist ganz blass», sagte er, «du zitterst.» Rasch zog er seine Jacke aus und legte sie ihr um die Schultern, ganz besorgt und mütterlich blickte er sie an, und wirklich, als der Ledergeruch sie umgab, da wurde sie sicherer und lachte sogar ein wenig und log dann mit rauer Stimme, sie sei eben eine Gans, und solche Geschichten würden sie immer sehr erschrecken. «Verstehe ich gut», meinte Jacquot, und reichte ihr die Bierflasche. «Ich hatte als Kind Todesangst, die Hütte zufällig zu finden. Und zugleich hätte ich doch das Mädchen gerne erlöst.» Lena nahm einen Schluck, das säuerlich-zischende Bier regte sie wieder ein wenig an, und damit sie nicht nachdenken musste, konzentrierte sie sich auf den Ledergeruch der Jacke.

«Wie lange bist du noch da?», hörte sie sich unvermittelt fragen, und Jacquot, der, auf die Ellenbogen gestützt, neben ihr lag, an einem Wurstbrot kauend, in seinem weißen Hemd, schaute kurz zu ihr und dann in die Weite. «Nur bis heute Abend», meinte er achselzuckend, «muss zurück nach Straßburg, arbeiten, aber ich kann nächstes Wochenende wieder da sein». Nur so kurz! und nächstes Wochenende!, dachte Lena bestürzt, ich weiß nicht einmal, was morgen geschieht, woher soll ich wissen, was nächstes Wochenende ist! Dann summte etwas, und Jacquot griff in die schwarze Jeans, nahm sein Handy heraus, checkte das SMS und grinste – «Mme Schaeffel», lachte er, «will wissen, ob ich unsere Lena gut behandle», unsere Lena, wie vertraut das klang. Nun reichte er ihr sein Handy, ein Nokia, warm von seiner Tasche und vertraut, und sie tat so, als ob sie das SMS lese, aber die Buchstaben nahm sie gar nicht wahr, nur Hieroglyphen, weil sie eine starke körperliche Reaktion durchfuhr – das Handy, die normale Welt da draußen, weit weg von Brunnensteinen und der Hütte im Tal und vom Musée Oberlin. Es gab Handys! Es gab Internet! Sie könnte sogar, wenn sie wollte, aber das wollte sie nicht, mit wenigen Klicks diese Welt wiederfinden, hier mit Jacquots Handy. Langsam nickte sie, und dann wusste sie, was zu tun war.

Sie setzte sich auf.

«Jacquot?»

«Ja?»

«Ich möchte wegfahren.»

Jacquot nickte langsam. «Wohin?» Lena zögerte. «Nach Frankfurt!», wollte sie rufen, aber das ging nicht. «Irgendwohin, nur raus aus dem Steintal.» Jacquot überlegte. «Ok, in Rothau, hinter Fouday, gibt es eine Pizzeria. Wir könnten was essen gehen. Wär das o.k.?» Lena nickte und stand auf. Sie reichte ihm seine Lederjacke. «Jetzt gleich?» fragte Jacquot überrascht. «Mmm-hmmm.» Er blickte sie eine Weile an. «Alles in Ordnung bei dir?» Lena zögerte, sie zögerte eine ganze Weile, denn jetzt war wieder so ein Moment, sie vertraute Jacquot, auf eine körperliche Weise, er würde sie vor allem beschützen, würde ihr seine Lederjacke um die Schultern legen und sie umarmen, wenn sie ihm jetzt alles erzählte, und dann würde vielleicht alles gut werden.

Aber dann hörte sie ein leises Rascheln und blickte über Jacquots Schulter, und es war ihr, als ob hinten, im Wald, im Schatten, eine Gestalt unter den Bäumen stand und sie beide beobachtete. Da durchzuckte sie eine namenlose Angst, und sie bat ihn, jetzt zu fahren.

Sie war erleichtert, als sie mit dem Motorrad unterwegs

waren, in Bewegung. Da musste sie sich keine Gedanken mehr machen. Zum Glück hatte sie die Gestalt unter den Bäumen danach nicht mehr gesehen, sie war nicht sicher, hatte sie in die falsche Richtung geblickt oder hatte sie sich tiefer in den Schatten verzogen? Als sie die Serpentinen herunterbretterten und der Wind an ihrem T-Shirt zerrte, da war alles Unheimliche wieder wie ein Traum verblasst. Ihr Herz klopfte wild in der Brust bei der Aussicht, das alles hinter sich zu lassen und zu entkommen. Denn sie war eine Gefangene gewesen, die letzten Tage, Gefangene der Schaeffels und des Steintales. Aber das würde sich jetzt ändern. Rothau, dieser Name klang köstlich, es war ein anderer Ort, ein gelobtes Land, nach all den Wochen und Monaten, die sie nun schon hier gewesen war, und Jacquot und sein Motorrad, sie waren ihr *ticket out of here!* Also berührte es sie nicht im mindesten, als sie durch Bellefosse fuhren, gleichgültig blickte sie auf den Kirchturm, beachtete nicht einmal den Waldhügel nach Blancherupt, und sogar Waldersbach kostete sie kaum ein Achselzucken, als sie drei Minuten später dort ankamen und sofort auf die Straße nach links bogen – nach Fouday, dann nach Rothau, in die Freiheit. Kurz sah sie im Vorbeifahren die Stelle an der Schirgoutte, wo sie geschwommen war, es lag ein Jahrhundert zurück, denn jetzt blickte sie nur noch nach vorne. Das Steintal wollte näher an sie heranrücken, als sie die Straße nach Osten entlangrasten, aber das schüttelte sie einfach ab, sah links die Abzweigung nach Blancherupt und ignorierte sie, blickte nur nach vorne, wo sich das Tal verengte auf Fouday hin. Sie presste sich an Jacquots Rücken, klammerte sich fester, und er strich ihr sogar einmal (beruhigend?) über den Arm. Dann glitten sie um eine Kurve, schon kam Fouday in Sicht und damit die gesegnete Kreuzung mit der D 1420, gleich hinter dem Bahnhof, sie sah sogar bereits Fernlaster das querliegende Beustal durchqueren in Richtung Rothau, während sich vor ihr die bergigen Höhen auftürmten; die Höhen des Steintals rückten zurück...

...und das Motorrad blieb plötzlich stehen.

Erst begriff Lena gar nicht, was geschehen war, sie rollten einfach aus und blieben stehen, und Lena hörte den Motor nicht mehr. Dafür hörte sie Jacquot leise fluchen. Jetzt startete er das Motorrad, versuchte es zumindest, aber es war totenstill, als sei es ein Museumsstück ohne Benzin. Jacquot überlegte, dann drehte er sich zu Lena: «Steigst du mal kurz ab, ich will das Rad ein Stück schieben, vielleicht springt es wieder an.»

Also trat Lena an den Straßenrand der D 57 und sah zu, wie Jacquot das schwere Motorrad wendete und ein Stück die Straße zurückschob – es ging hier bergab. Bald rollte er, der Motor sprang sofort wieder an, knarrend, gesund, kraftstrotzend, und Jacquot fuhr fünfzig Meter zurück, wendete mit einem atemberaubenden Manöver und kam mit einem einzigen aufheulenden Gasgeben wieder bis auf Höhe von Lena...

...wo der Motor prompt wieder abstarb. Als sei er in eine unsichtbare Mauer gefahren. Alles war still, zumindest für einige Sekunden, während Jacquot fassungslos auf seine Maschine schaute...

...und Lena verstand. Sie verstand und hörte zugleich die laute Stimme von den Höhen, die hallend lachte, die sie auslachte und sie verspottete. Das Lachen schallte vom gegenüberliegenden Hügelkamm zurück, während Lena sich in Bewegung setzte und begann, die D57 entlang zu gehen in Richtung Fouday.

Bis es nicht mehr ging.

Sie war an so etwas wie eine unsichtbare Barriere geraten, keine echte Mauer, die man ertasten konnte, sondern eine Zone, wo es ihr beinahe unmöglich wurde, weiterzugehen, wo ihre Beine immer schwerer wurden, als wate sie in tiefem Schlamm. Sie begriff alles ganz genau, so einfach sollte sie nicht davon kommen, das Tal wollte sie nicht loslassen! Mit jedem Schritt wuchs der Druck auf ihre Brust, ihre Arme, als würde sie in einer Obstpresse gequetscht. Aber Lena schrie auf vor Frustration, kämpfte sich keuchend weiter, als trete sie gegen einen mächtigen *Sturm* an, und zugleich drehte sie mit aller Gewalt den Kopf und sah weit oben auf den Höhen über sich die *Gestalt wandern*, ihre Bewegungen nachäffend, und ihre Wut wuchs. Das war ein Scheißgefühl, aber sie würde nicht klein beigeben. Jetzt wurde der Druck unerträglich, aber sie rammte ihre Füße weiter in den Boden, presste vorwärts, hörte von weit weg Jacquots Stimme, bevor alles dunkel wurde.

8

Und als es wieder hell wurde, war das Erste, was sie sah, ein dunkler, drohender Himmel mit Gewitterwolken. Sie lag in ihrem Bett im Pfarrhaus, blickte auf den Himmel vor ihrem Fenster, wandte dann den Blick in das karge Zimmer und auf das Portrait der alten Dame; und sah schließlich Pastor Schaeffel (sie musste eine Weile nachdenken, bis sie draufkam, dass sie ihn Pierre nennen durfte), der neben ihrem Bett saß und in einem Buch las. Sie räusperte sich, er blickte auf. «Ah, du bist wach. Wie war euer Ausflug?», war seine Frage: sanft, liebevoll, therapeutisch. «Wo ist Jacquot?», war ihre erste Frage. «Der musste leider zurück nach Straßburg», seufzte Pierre und klappte sein Buch zu. «Aber er grüßt dich sehr.» Er lächelte, aber dieses Lächeln war nicht mütterlich-besorgt wie bei seiner Frau, sondern beobachtend. Da zog Lena die Mauer hoch. »Wie viel Uhr ist es?», und «Was ist passiert?», presste sie hinter der Mauer hervor, während der Schmerz bereits in ihrem Herzen Einzug hielt: Er ist weg, im unendlich weiten Straßburg. Ich habe seine Handynummer nicht. Ich habe selber kein Handy. Ich bin eine Gefangene. Eine Gefangene des Hauses und des Tales. «Es ist sechs Uhr nachmittags. Und du hast einen Schwächeanfall gehabt. Jacquot sagte, dass du oben, bei eurem Picknick, schon einmal ganz weiß gewesen bist; und als ihr an der Straßen nach Fouday eine Panne hattet, bist du plötzlich getaumelt und bist ohnmächtig geworden. Aber jetzt siehst du eigentlich wieder ganz gut aus.» Kühl sagte er das, und weiter kam nichts; er wartete ab, ob sie etwas sagen würde. Als sie aber nur schweigend aus dem Fenster sah, bot er an: «Vielleicht bist du wetterfühlig. Inzwischen ist nämlich ein Gewitter aufgezogen, das sich gewaschen hat. In einer halben Stunde ist hier der Teufel los.» Und wie zur Bestätigung rauschte draußen eine Windbö gegen das Haus, dass der Luftzug unter den alten Fensterritzen heulte und jammerte wie eine geplagte Seele. Lena zwang sich zu nicken, nötigte sich sogar ein Lächeln auf. Der Pastor sah, dass da nichts zu machen war, erhob sich und sagte im Gehen: «Abendessen ist in einer Stunde. Ich bin in meinem Büro, wenn du etwas brauchst.» Wie im Krankenhaus, dachte Lena angewidert, als die Zimmertüre sich geschlossen hatte. Feste Essenszeiten, und wenn Sie den Chefarzt brauchen, er ist in seiner Ordination.

Eine Weile hielt Lena es im Bett aus, aber nicht allzu lange. Der Schmerz wühlte in ihr, der Schmerz über Jacquots Abwesenheit, und die dumpfe Verzweiflung. Sie zog ihren Pyjama aus und ihre Kleider an (wer hatte sie *aus*gezogen? Mme Schaeffel? Pierre? *Jacquot?*), setzte sich auf die Bettkante. Und versuchte, über die Ereignisse des Tages nachzudenken. Aber sie kam sich rasch vor wie auf einem Speicher, in dem die Möbel kreuz und quer durcheinanderstanden, hier und dort übereinandergestapelt, staubüberzogen und ohne tieferen Sinn. Nur eines wurde immer klarer: all das war *von langer Hand vorbereitet* gewesen; alles, die gesamten letzten Jahre, all ihre Vorbereitung hatte auf diesen Punkt hingesteuert. Bald wusste Lena nichts mit sich anzufangen. Sie kam sich wie ein gefangenes Tier vor, unruhig, zugleich von unendlich schweren Ketten niedergehalten. Sitzen konnte sie nicht, lesen auch nicht. Und selbst wenn sie Jacquots Handynummer gehabt hätte (und Pierre würde sie ihr sicher geben, wenn sie ihn danach fragte; aber wollte er überhaupt noch etwas zu tun haben mit einer Freakin, die sich aufführte wie eine *Bekloppte*??) – ihr eigenes Handy lag ja viele hundert Kilometer weit weg in ihrem Schlafzimmer, genauer gesagt hinter dem Bücherregal ihres Schlafzimmers, wo man es nicht zu schnell finden würde.

Das war ihr sehr wichtig erschienen beim Aufbruch von Frankfurt, es nicht nur dazulassen, damit sie sie nicht mit GPS orten konnten oder so was, sondern es auch so zu verstecken, dass sie es nicht sofort kriegten. Warum, wusste sie nicht, aber es war ihr wichtig erschienen. Und jetzt fühlte sie sich ihrem kleinen roten Android verbunden, das, zwischen Zimmerwand und Bücherregalrückwand eingeklemmt, nicht vor- und nicht zurückkonnte, vergessen von der Welt und von allen. Es war an einem Ort, an dem kleine rote Android-Handys sonst nicht steckten, so ähnlich wie sie jetzt. Dann hielt sie es nicht mehr aus, sprang auf, begann auf- und abzugehen, die Länge ihres Zimmers mit Schritten auszumessen, während in ihr die Hilflosigkeit wuchs. Sie war ganz alleine gelassen. Niemand half ihr! Und wie sie so hin- und herging, mit schnellen, harten Schritten, während ihr das Zimmer bei jeder Durchquerung ein wenig enger vorkam, da erinnerte sie sich plötzlich an den anderen Moment, wo sie ebenfalls in ihrem Zimmer auf- und abgegangen war vor Verzweiflung und Hilflosigkeit.

Das war in Frankfurt gewesen, vor drei Jahren, an einem Tag, nicht wie jedem anderen. Sie erinnerte sich an sehr viele Details dieses Tages, obwohl sie schon sehr lange nicht mehr darüber nachgedacht hatte. Genauer gesagt, sie hatte seit jenem Tag eigentlich versucht, nie darüber nachzudenken. Aber jetzt, eingeklemmt zwischen Wand und Bücherregal, hatte sie eigentlich gar keine Wahl. Sie war von der Straßenbahn den Gehsteig zu ihrem Haus entlanggegangen und hatte nicht an ihren Hunger gedacht und nicht daran, dass heute wieder einer der Tage war, an denen Mami nicht zuhause war und Papi sowieso nicht, dass sie sich also selber etwas kochen musste, was sie ein wenig hasste. Ab und zu dachte Mami daran, etwas vorzubereiten, bevor sie zum Verlag ging, einen Auflauf oder so, und ein, zweimal hatte sie sogar einen netten Zettel daneben gelegt, mit aufmunternden Worten und einem Hinweis, etwa: «Hol dir Fischstäbchen aus der Tiefkühltruhe! Kartoffelbrei im Eisschrank. Bussi Mami», aber das waren echt die Ausnahmen. Meistens musste sie sich einfach selber etwas heraussuchen und zubereiten, und sie war Mami eigentlich nicht mal besonders böse, sie wusste ja, dass sie an solchen Tagen den ganzen Morgen lektorierte und dann meist etwas spät das Haus verließ, den Kopf voller Text-Notes und Streichungen. Kein Wunder, dass da keine Zeit für ein paar Lena-Gedanken blieb, und es ging ja auch immer. Lena war patent, sie kam zurecht, auch ohne Mami. Trotzdem hatte sie keine Lust, also trödelte sie ein wenig, hüpfte ein paar Meter weit so, dass sie nicht auf die Ritzen der Gehsteigsteine trat, das tat sie manchmal, und hatte sich überlegt, ob sie nach dem Essen und vor den Hausaufgaben noch eine längere Runde surfen oder sich eine Serienfolge ansehen sollte…

…sie sah Mami durch das Küchenfenster.

Ihre Wohnung war ja im Erdgeschoss, und die Küche ging auf die Straße. Und Mami saß in der Küche und saß nur da und starrte vor sich hin, tat gar nichts. Da gab es einen ersten Stich in Lenas Herz, denn ihr war sofort klar, dass da etwas *Fremdes* in ihren Tag hineingetreten war, ein Schatten. Mami, das wusste sie, durfte gar nicht hier sein. Sie war seit drei Stunden beim Verlag und wollte nicht einmal am Handy angerufen werden, denn Dienstag war *Sitzungstag*. Mami hatte ihr einmal genau die Notfälle eingebläut, bei denen man am Sitzungstag anrufen durfte, ansonsten waren allerhöchstens SMS erlaubt und auch das nur ungern. Aber es schien kein Sitzungstag zu sein, denn Mami saß in der Küche und starrte vor sich hin, und das war fremd und unheimlich. Der nächste Stich kam wenige Augenblicke später, als Mami aus dem Fenster schaute und in ihre Richtung blickte, sie aber gar nicht sah. Lena versuchte sogar schüchtern zu winken, während sie auf die Türe zuging, aber Mami drehte sich wieder weg und reagierte überhaupt nicht.

Der Schatten griff noch mehr nach Lenas Herzen, als sie aufsperrte und Mami ihr entgegengestürzt kam, die Augen von einer wilden Hoffnung erfüllt, und dann aber, als sie sie sah, als sie merkte, dass es *nur Lena* war, zusammensackte und sie völlig hilflos anblickte. Dann merkte Lena, dass Mami geweint hatte, und jetzt bekam sie es mit der Angst zu tun. Denn Mamis weinten nicht. Mamis konnten alles ertragen, aber Tränen, das gab es nicht.

Papi, so kam stockend aus Mamis Mund, war weg. Er hatte ihr ein SMS geschickt, als sie im Verlag war. Er sagte, es sei vorbei. Er würde ihr die Scheidungsunterlagen zukommen lassen. Und das war alles. Sie war natürlich gleich nach Hause gestürzt (*trotz Sitzung!* dachte Lena ehrfurchtsvoll) und hatte nichts mehr von ihm vorgefunden. Er war wohl während ihrer Abwesenheit gekommen und hatte seine Sachen mitgenommen (*was wohl seine Sachen waren?* schoss es Lena durch den Kopf) und war dann einfach weg gewesen. Klar, sie hatte ihn sofort angerufen, aber seine Nummer war schon nicht mehr vorhanden. Er hatte das anscheinend schon von langer Hand vorbereitet (und Lena sah kurz eine *lange Hand*, die um die Ecke griff). Und Mami hatte Lena mit verweinten, ratlosen Augen angesehen, und hatte gestammelt, dass sie es einfach nicht verstehe, klar, es sei nicht einfach gewesen die letzten Jahre (*die letzten Jahre?* fragte sich Lena automatisch, während sich eine immer größere, wattige Taubheit in ihr ausbreitete), aber so einfach zu verschwinden... doch das hatte alles nur mit Mami selber zu tun und gar nicht mit Lena, also machte sich Lena irgendwann los von Mami und begann, durch die Wohnung zu wandern, während Mami irgendwo in ihrer Nähe Dinge sagte, die Lena nichts angingen. Sie begann, die kahlen Stellen zum Beispiel im Bücherregal zu betrachten, irgendwie von sich selber getrennt, den Kleiderständer ohne Papis Trenchcoat und den offenen Kleiderschrank mit den leergeräumten Fächern, sie strich über den Fleck am Schreibtisch, wo der PC gestanden hatte, und sie begriff überhaupt nicht, wie so ein dunkler Schatten sich über all das Alltägliche legen konnte, ohne dass alles dunkel wurde. Es blieb aber alles so erstaunlich normal dabei: Während sie in die Küche trottete und sich überlegte, ob sie sich jetzt etwas zu Essen machen sollte, ob sie nachher surfen konnte, wurde ihr klar, dass auf einen Schlag alles Alltägliche plötzlich anders war. Die Katastrophe war hereingebrochen. Und zugleich wusste sie auch, dass ihr morgen ihr Mathelehrer den Kopf abreißen würde, wenn sie sich nicht hinsetzte und ihre Hausaufgaben machte. Wie man den ganz schrecklichen Abgrund und die Normalität zusammendenken konnte, das konnte sie gar nicht ermessen. Irgendwo hinten schwurbelte ihre Mutter mit erstickter Stimme Dinge vor sich hin, aber den allerschlimmsten der Schrecken begriff sie erst an ihrer Schlafzimmertüre.

Er hatte ihr nicht geSMSt.

Nur ihrer Mutter.

Dabei hatte er ihre Handynummer, sie korrespondierten täglich. Spätestens nach der Schule, wenn sie ihr Handy offiziell wieder anmachen durfte (natürlich hatten es fast alle während des Unterrichts an, man durfte sich einfach nicht erwischen lassen), spätestens da war immer eine Nachricht in ihrem Posteingang. Ein kleiner Witz oder ein Foto aus dem Büro oder die Frage, wie die Matheschularbeit war. Das gehörte zur Normalität, so sehr, dass Lena sich jetzt plötzlich wunderte, dass ihr gar nicht aufgefallen war, dass heute gar nichts von ihm gekommen war. So war das mit dem Normalen, man vermisst es erst, wenn die Katastrophe da ist. Papi war, das begriff sie langsam, einfach verschwunden, ohne ihr etwas zu sagen. Jetzt wurde ihr kurz beinahe schlecht, aber sie beherrschte sich, öffnete ihre Zimmertüre und schloss sie wieder hinter sich.

Endlich hatte sie eine schützende Mauer zwischen sich und ihre Mutter gebracht. Endlich konnte sie frei atmen. Zunächst stand sie einfach eine Weile da und ermaß die viel zu engen Grenzen ihres Zimmers, all jene gewohnten Gegenstände, die plötzlich schattiger geworden waren, kälter, völlig nichtssagend. Sie atmete leise ein und aus. Dann fühlte sie Tränen in sich hochsteigen, aber sie ließ sie nicht zu, Tränen gab es nicht, sondern sie begann, wie eine Tigerin im Käfig in ihrem Zimmer auf- und abzugehen, immer hin und her. Einmal hörte sie ihre Mutter schüchtern anklopfen, aber sie hörte einfach nicht hin, sondern ging auf und nieder, mit harten, kurzen Schritten, die Hände hinter dem Rücken verschränkt, den Blick auf den Boden gerichtet. Nur so konnte sie es ertragen. Sie hatte ungefähr die zwölfte Runde geschafft, als ihr Blick auf das kleine Einbauregal über ihrem Bett fiel. Da blieb ihr Herz fast stehen und sie musste sich kurz sammeln, bevor sie hintreten konnte.

Zwischen den Büchern, Harry Potter und Twilight und «Holes», diesem blöden Buch, das sie in Englisch gelesen hatten, ragte ein dünnes gelbes Bändchen heraus, sogar erschreckend schmal für ein Reclam-Heft. Sie wusste natürlich, das hatte ihr Vater hierher getan, das war ihr klar, wer sonst außer ihm sollte das hergesteckt haben, während sie in der Schule war? Denn gestern Abend war da noch nichts. Außerdem ragte es so auffällig heraus, das hatte er also mit Bedacht so deponiert, dass sie es sehen musste (von *langer Hand*, dachte sie erschrocken). Rasch zog sie das Büchlein heraus, es war funkelnagelneu, natürlich der Lenz von Büchner, das überraschte sie nicht, auch wenn da auch noch der *Hessische Landbote* dabei war. Sie durchblätterte es hastig, in der Hoffnung, eine Botschaft von ihm zu finden, einen letzten Brief oder so etwas, nur für sie und nicht für Mami; aber da war nichts, nur an einer Stelle waren die Seiten etwas auseinander geknickt worden, das sah sie, und tatsächlich fand sie auch eine einzige Stelle, die mit Bleistift dünn unterstrichen war. Das war da, wo Lenz zu Oberlin von der furchtbaren Schuld sprach, die er auf sich geladen hatte. Der unterstrichene Satz war dieser: «Ja, ich halt es aber nicht aus; wollen Sie mich verstoßen? Nur in Ihnen ist der Weg zu Gott». Lena las den Satz, einmal, zweimal, dreimal, durch zunehmend schwimmende Augen las sie ihn, las die Bestandteile langsam, und die Botschaft schien ihr sehr klar: Er hatte es mit Mami nicht mehr ausgehalten. Er hoffte, dass sie, Lena, ihn nicht verstoßen würde. Denn in ihr war sein Weg zurück zum Leben, zur Hoffnung, zu Gott.

In diesem Moment war eine wilde Hoffnung in ihr aufgekeimt, er würde vielleicht heimlich mit ihr Kontakt halten in den nächsten Wochen und Monaten. Aber Tag folgte auf Tag und Nacht auf Nacht, und kein Zeichen kam von Papi. Die Papiere wurden von einem Anwalt geschickt, aber der wollte nicht einmal sagen, wo Mamis Gatte steckte; weit weg, meinte er einmal nur kryptisch; dann kamen die Wochen der Verhandlung, Papi war nicht da, und Mami bekam Lena zugesprochen und auch die Wohnung, Unterhalt wollte er auch zahlen, Papi schien das alles egal zu sein, und auch um Lena kämpfte er gar nicht. Da legte sich eine bedächtige Schicht von Eis nach und nach um Lenas Herz. Die Hoffnung war natürlich trotzdem weiter da, auf Facebook zum Beispiel, da schaute sie alle ihre Freunde durch; wenn sie eine neue Freundschaftsanfrage bekam, von jemand, den sie nicht kannte, da war sie jedesmal sicher, dass es ihr Vater war, so sicher, dass sie beinahe jede Anfrage positiv beantwortete, was ihr jede Menge mühsame neue Friends einbrachte. Sie hoffte immer noch auf kryptische Briefe oder E-Mails von ihm, doch als Monat auf Monat verging, da blieb ihr nichts als die verdammte unterstrichene Zeile im Reclam-Buch.

Und genau dieses Buch hielt Lena nun in der Hand, in ihrem Zimmer im Pfarrhaus von Waldersbach, während draußen ein leises Rumpeln hörbar wurde und die Finsternis erdrückend, und sie starrte auf den Satz mit dem «Verstoßen» und dem «Nicht mehr aushalten», der inzwischen über viele Monate fast zugedeckt worden war von all den Randbemerkungen und Kommentaren, mit denen sie den Text zerpflückt hatte in der Hoffnung, sein Rätsel zu lösen; aber immer noch war der drei Jahre alte dünne Bleistiftstrich gut genug sichtbar und starrte sie an wie eine einzige Frage, auf die es nur eine Antwort gab.

Sie wusste, wo ihr Vater war. Seit letzter Nacht wusste sie es. Und nun wusste sie auch, warum das Tal sie festhielt, sie nicht gehen ließ. Sie musste noch etwas erledigen. Jemanden treffen. Und Jacquot, das war nur eine Ablenkung von ihrer eigentlichen Aufgabe gewesen.

Also legte sie den Reclam-Band auf das Bett und ging zu ihrer Türe, hinaus in den im halbfinsteren Vorgewitter-Schatten liegenden Gang, bis zu der Türe des Zimmers, in welcher der Fremde wohnte. Wo, dachte sie mit wildem Triumph, konnte ihr Vater sich sonst verborgen gehalten haben, all die Jahre? Wo, wenn nicht in Waldersbach? Was war der Weg zu Gott, wo der Mann, der ihn nicht verstoßen würde, auch wenn er es nicht mehr aushielte? Das war natürlich Oberlin, und der Ort der Pfarrhof von Waldersbach. All die Jahre hatte sie das Rätsel nicht begriffen, bis sie schließlich (gegen den Widerstand ihrer Mutter!) endlich den Weg zu ihm gefunden hatte. Unbewusst hatte ihr Herz ihr den Weg zu dem gewiesen, den sie am meisten auf der ganzen Welt brauchte und vermisste – zu ihrem Vater. Mochten Mme Oberlin und alle anderen auch versuchen, ihn vor ihr verborgen zu halten – diesmal würde sie sich nicht abschrecken lassen. Entschlossen legte sie die Hand auf die Türklinke am Ende des Ganges, doch als sie die Türe aufstieß, spürte sie bereits, dass das Zimmer leer sein würde.

Alles war weg, sogar der Mantel. Das Bett war so säuberlich gemacht, als habe nie jemand darin geschlafen. Leer gähnte ihr der Holzboden entgegen, aber nein, da lag etwas, ein kleiner Fetzen Papier in der Mitte des Zimmers. Sie eilte hin, hob ihn hoch, er war wirklich winzig, nicht viel größer als ihr Fingernagel, aber sie musste ihn ja sowieso gar nicht lesen, um zu wissen, was da stand.

Nur zwei Worte:

«Die Hütte.»

9

Lena hatte genug Grips, um zumindest eine dünne Regenjacke mitzunehmen, als sie das Haus verließ. Und dann, als sie schon fast zur Türe hinaus war, sah sie noch eine große klobige Taschenlampe auf einer Hutablage liegen. Da überlegte sie, wo sie hinwollte, und nahm die auch an sich, steckte sie in ihre Regenjackentasche und zippte sie zu. Sie schaute weder nach links noch rechts, sah weder Pastor (seine Bürotüre war zu; war wohl jemand in der Ordination?) noch Pastorin (Essen war erst um sieben! Wir halten uns an feste Zeiten!), ging einfach hinaus über die knirschenden Kieselsteine vor der Pfarrhaustüre, warf einen kurzen Blick auf den Steintrog, der einfach nur dalag und jetzt gar nichts mehr bedeutete, und bog dann nach rechts in die Straße Richtung Bellefosse. Die Luft war schwül und aufgeladen, das spürte sie sofort; so als halte das ganze Steintal den Atem an, zucke erschrocken zusammen unter dem dunkellila Gewitterhimmel, warte auf die mächtige Faust, die gleich herunterkommen würde und alles zermalmen. Das war Lena recht, hatte sie nicht vorhergesagt, dass etwas geschehen würde? Nun sollte es alles herunterkommen! Ihre Trägheit und Bleiernheit war wie weggeblasen, sie ballte förmlich die Faust vor Lust an dem Gewitter, das all die Halbheiten und Ungewissheiten zerschmettern würde.

Wenige Menschen waren unterwegs, ein vereinzeltes Auto kam ihr überhastet entgegen, wie auf der Flucht vor dem drohenden Unwetter, als sie eben auf der Brücke die Schirgoutte überquerte und die Straße nach Fouday; dieses Auto hatte schon die Scheinwerfer an am späten Nachmittag, als wüssten auch die Menschen hier um die große Entladung, die bevorstand. Es war gut, dass sie nicht nach Fouday ging, das wäre ein Fehler gewesen, wo doch die Lösung, die Begegnung woanders lag, in den Hügeln oben. Die Birken neben dem Fluss ließen die silberne Unterseite ihrer Blätter sehen, ein wilder Schauder ging raschelnd durch sie hindurch, und gleich danach traf der Luftstoß auch Lena und blähte ihre Windjacke auf. Das würde ein wildes Wetter werden, das wusste sie. Kein guter Zeitpunkt, um draußen zu sein. Aber sie ging unbeirrt weiter. Die Taschenlampe schlenkerte gegen ihre Hüfte, aber das störte nicht, das sagte ihr nur, dass sie bereit war. Vor ihr rechts hob sich der Bergrücken unter niedrig jagenden, dunkellila Wolken, unmittelbar vor ihr lugte der Kirchturm von Bellefosse um die Kurve und schien sich ebenfalls möglichst klein machen zu wollen. Die Fliederbüsche sahen aus wie getretene Hunde, nichts von blühender Pracht. Konnte es sein, dass dies derselbe Weg war, den sie gestern (vorgestern?) gegangen war? Und den sie eben, vor wenigen Stunden, gebrettert war mit Jacquot? Das schien alles weit zurückzuliegen, Jacquot war überhaupt wie eine blasse Erinnerung nur noch: sie fühlte sich wie im düstersten Herbst, aber das machte nun auch gar nichts. Sie hatte viel zu lange warten müssen, wusste genau, wo sie hinmusste, da würde sie auch der langgezogene Donner nicht aufhalten können, der von Osten her über die umliegenden Berge rollte. Doch der Donner wollte einfach nicht aufhören und wurde immer lauter, entlud sich schließlich in einem Knall!, und nun hatte Lena tatsächlich etwas Angst. Das war genau zu dem Zeitpunkt, als sie beim Ortseingang von Bellefosse die Landstraße verließ und quer über die Wiesen auf den Berg zuging. Wenn sie nur bald genug in dem Bergwald untertauchte, würde sie ohne Probleme hinaufkommen.

Die ersten klatschenden Tropfen fielen ihr auf die Nase, als sie eben unter den Bäumen ankam und den steilen Anstieg begann. Leider gab der Wald gar nicht viel Schutz, das merkte sie rasch. Der Regen fiel innerhalb von Minuten mit einem mächtigen, monotonen Rauschen hernieder, der Wind kam dazwischen in wilden Böen und beutelte sie durch, während sie sich über zunehmend rutschige Gras- und Erdflächen hinaufkämpfte, sich an nassen Wurzeln und umgekippten Bäumen festklammerte. Nass rann es ihr in den Kragen hinein, sie hatte weder die Zeit noch die Möglichkeit, sich ihre Kapuze anzuziehen, dazu musste sie sich viel zu sehr anstrengen, um nicht abzurutschen. Außerdem war es jetzt so finster geworden, dass sie fürchtete, den Weg zu verlieren. Also einfach immer geradeaus hinauf, auch wenn alles fremd aussah, geradeaus, bis der Waldweg quer kam. Dann nach rechts und dann zu jenem höheren Weg…

In diesem Moment rutschte sie ab, verlor das Gleichgewicht, und lila Himmel, Windstoß und rutschiger Hang wirbelten holterdipolter durcheinander, und Lena purzelte ein paar Meter den Hang herunter. Das war gar nicht lustig, sondern hässlich; sie verlor ganz die Kontrolle, irgendwas stieß ihr wuchtig den Atem aus dem Brustkorb, sie wurde wild von Fichtenzweigen zerkratzt, die Taschenlampe schlug hart gegen ihre Hüfte, und dann blieb Lena schließlich benommen liegen, die Wange im nassen Schlamm. Der Regen rauschte unerbittlich auf sie nieder, während sie versuchte, sich zu orientieren. Sie krallte sich in der Erde fest, zog sich hoch. Dann betastete sie ihr Gesicht. Kein Blut. Gut. Aber ihre rechte Jeansseite war total voller schlammiger Erde, und ihre Handflächen waren zerkratzt. Sie atmete tief durch, wollte eigentlich weinen, so alleine war sie und so völlig hilflos, aber das hätte überhaupt nichts gebracht, und mit der Disziplin, die ihr Vater immer so gelobt hatte («meine kleine Kämpferin»), raffte sie sich wieder hoch und kletterte weiter.

Fünf Minuten später war sie im prasselnden Regen auf dem Waldweg Richtung Steintal unterwegs und schritt kräftig aus. Es war zwar immer noch finster, aber sie hatte ihre Orientierung wieder. Ihr erster Blick nach rechts, in Richtung der Ebene und Belmont, sowie des Schneefelds, nahm ihr den Atem. Wild tobten da die Elemente, Blitze zuckten über den Bergen, und das alles kam auf sie zu. Sie musste sich beeilen, den höheren Weg zu finden; und richtig kam sie bald an die morsche Holzbank, bei der sie das letzte Mal nach oben abgezweigt war. Natürlich war er, das zeigte ein rascher Blick nach oben, nicht wieder mit ihr unterwegs, das wäre zu viel der Hoffnung gewesen. Sie war alleine. Aber sie hatte ihre Orientierung wieder, es war nun wirklich keine Sache mehr, die Hütte zu finden.

Was würde sie dort erwarten? Sie wusste es nicht. Ihr Vater, so hoffte sie; oder irgendetwas, das den Knoten durchschlagen, die Eiterbeule aufstechen würde, ihr den geheimen Sinn in all dem weisen würde, was ihr bisher zugestoßen! Schnaufend stieg sie die steile Wiese empor, von Regen und Wind durchgeschüttelt, bis sie wirklich den kleineren, höheren Pfad erreichte und nach rechts abbog. Doch dann schien eine Weile alles vergeblich. Der Wald zu ihrer Linken war eine undurchdringliche Wand, von Blitzen erleuchtet, kein Tal tat sich auf, so viel sie auch dahinstolperte, jetzt schon völlig durchnässt, und irgendwann kam ihr der schreckliche Gedanke, dass sich die Hütte ja vielleicht wirklich nur alle hundert Jahre oder so zeigte, wie Jacquot erzählt hatte, dass sie ihre Chance gehabt und vertan hatte. Schließlich blieb sie stehen und ließ den Kopf hängen, wollte eben zu weinen beginnen, helft mir bitte, irgend jemand, bitte!, da traf sie der Sturm aus der Ebene wie eine Riesenfaust und schleuderte sie in Richtung Wald, genau in eine schmale Lücke zwischen zwei Bäume hinein, und als sie ihre Balance wieder hatte, sah sie, dass sie im Tal stand. Rechts und links stiegen steil die schlammigen Wände hoch, von Steinen durchsetzt, aber es schien alles schmaler, enger, bedrängender als beim letzten Mal, die nass glänzenden Wurzeln, die aus den Abhängen herausstanden, streiften fast ihre Schultern, als sie nun voranschritt, den peitschenden Regen jetzt in ihrem Rücken spürend.

Dann drängte sie weiter, aber die Wände rückten näher

und näher, glitschig und schlammtriefend, und bald musste sie seitwärts gehen, um sich durch den engen Hals des Tales vorwärts zu drängen. Alles schien sich verschworen zu haben, sich zwischen sie und die Hütte zu stellen. Oben, wo die Seiten des Tals fast zusammenstießen, schwankten die Fichten wie Seegras im Meer, und jetzt wurde es finsterer, also holte sie die Taschenlampe aus der schlammverschmierten Jacke und schaltete sie ein. Da sah sie den engen Weg besser, und nun ging es gleich schneller. Fast schien es ihr, als rückten die Wände wieder zurück beim Schein des Lichtes, das Tal weitete sich, und ehe sie sich's versah, stand sie auf jener größeren Waldlichtung, die sie vom letzten Male erkannte.

Der Himmel über ihr war jetzt ziemlich finster, der Wind brauste zum Fürchten, und unbarmherzig kam der Regen wieder herunter auf sie und schüttelte sie durch, füllte den Lichtstrahl ihrer Taschenlampe mit abertausenden gleißenden Tropfen, aber unbeirrt trat sie in die Mitte der Lichtung, auf der Suche nach dem aus grauen Steinen gebauten Haus mit dem niedrigen moosbewachsenen Holzdach. Jetzt erleuchtete sogar ein Blitz das Tal, aber da war nichts, kein Gebäude und natürlich kein Vater, ihre Suche war vergeblich gewesen. Nur ein Kreis von schwankenden, rauschenden Bäumen, die sie bedrohlich ansahen und, so schien es, wieder begannen, näher heranzurücken. In dem Moment, wo Jacquot ihr die Geschichte erzählt hatte, war sie eine Wissende geworden, und Wissende finden die Hütte nicht, nur Kinder und Narren. Und nun hatte sie ihre letzte Gelegenheit verpasst, ihren Vater zu finden, das Fenster schloss sich, das Tor war zu, und sie war geschlagen, würde nie die ganze Wahrheit erfahren. Lena sank auf die Knie, berührte den nassen Boden, da hörte sie gar nicht weit ein furchtbares Krachen, ihre Taschenlampe tanzte erschrocken herum, und links vor ihr begann ein Baumriese sich zu neigen und mit einem ohrenbetäubenden Splittern zu Boden zu donnern! Sein Wipfel schlug nicht weiter als einige Armlägen auf den Boden auf, Lena konnte die zitternde Erschütterung des Bodens im Unterleib spüren und roch eine Welle von nassem Holz-, Harz- und Tannengeruch über sie waschen.

Und dann sah sie die Hütte.

Sie war erschienen, wenige Meter rechts von ihr, von den Bäumen fast wieder eingeholt, die die Lichtung erobert hatten. Das moosige Dach ragte schräg über dem schwachen Licht empor, welches aus dem Fenster floss. Die Taschenlampe nahm die Konturen wahr, fuhr noch einmal hoch zu den bedrohlichen Baumwipfeln, die sich jetzt tiefer zu beugen schienen, als wollten sie ihr den Triumph in letzter Sekunde nehmen, aber diesmal würde sie nichts aufhalten, also sprang Lena auf, Taschenlampe in der Rechten, und sprintete durch Regen und Wind auf die Hütte zu, auf das Ende ihrer Suche. Schon war sie am Haus, an der Türe, ergriff die niedrige Türklinke, drückte und zog, aber alles blieb fest verschlossen, «Papi» schrie sie durch den Sturm, aber ihre Stimme war schwach und fast unhörbar, dann fuhr eine Ladung Regen in ihren Mund und sie schluckte und hustete, schüttelte weiter die Klinke, aber nichts ging auf, also rannte sie weiter, zum schwachen Leuchten aus dem Fenster. Sie wollte ihren Vater wenigstens sehen!

Jetzt kam sie am Fenster an, es war klein und mit gewölbten, dicken Scheiben, sie musste erst Regentropfen wegwischen, um ins Innere hineinzublicken, kniff die Augen zusammen. Und da sah sie es: sah im Licht einer einzigen Kerze den Fichtenholzsarg stehen, in dem Sarg lag eine Frau, es war natürlich ihre Mutter, mit der elenden weißen und roten Rose auf der Brust! Die wollte sie hier nicht sehen, verdammt! Sie wollte ihren Vater! Und neben dem Sarg, unbeweglich, sah sie auf einem Stuhl sich selber sitzen, mit dem Rücken zum Fenster, mit hängendem Kopfe, immer am Sarg sitzen, wie ein eingeschlafenes Dornröschen. Da hämmerte sie verzweifelt ans Fensterglas, hört mich denn keiner, aber weder ihre tote Mutter noch sie selber bewegten sich das kleinste bisschen. Der Sturm hatte wieder zugelegt, das drang in ihre Verzweiflung, aber noch etwas hörte sie, ein *Brummen*, ein lauter werdendes *Brummen*, und da wusste sie, dass der Bär gekommen war, der Vater-Bär, nur dass er jetzt Bär war und nicht Vater, und eine furchtbare Angst stieg in ihr hoch, dass er sie nicht erkennen, sondern zerfleischen würde, das Brummen wurde zu einem RÖHREN, und langsam löste sie sich aus ihrer Versteinerung, wandte sich ganz langsam um, wollte ihrem unvermeidlichen Schicksal in die Augen blicken.

Eine dunkle Gestalt stand direkt vor ihr, der Bär!, und er schrie etwas, aber sie hörte es nicht, weil wieder so ein berstendes Splittern die Luft erfüllte, unmittelbar neben ihr donnerte ein weiterer Baumriese auf den Boden, ein Regen von Fichtennadeln überschüttete sie, und jetzt fühlte sie sich von starken Armen gepackt, sie ließ die

Taschenlampe fallen, schrie und kämpfte und trommelte auf ihren Entführer, nicht aus Angst, nein, weil er sie von der *Hütte* wegtrug, die sie, das wusste sie genau, nie, nie wiederfinden würde! Und jetzt sah sie es, natürlich, der Blitz erleuchtete das Verschwinden des rohen, grauen Hauses mit dem bemoosten Dach, es war schon ganz *durchsichtig*, und die Bäume, die Bäume hatten das Tal zurückerobert, sie sah die Erinnerung der Hütte auf die Stämme der Bäume geprägt, und dann, als es wieder dunkel wurde, war nur noch Wald. Jetzt schrie sie ihre Verzweiflung hinaus, biss sogar zu, biss in die feste, ledrige Haut des Bären, der hatte sich jetzt gesetzt, und er BRUMMTE, er RÖHRTE auf, und auf einmal war es ihr, als kenne sie diese ledrige Haut, es war etwas Vertrautes um diesen Geruch, und auch das Röhren kannte sie auf einmal, und dann rasten die berstenden, sich biegenden Bäume an ihr vorbei und sie wusste, es war kein Bär, sondern Jacquot!, er war mit seinem Motorrad gekommen, um sie zu holen, und etwas Erleichterung mischte sich in ihre Verzweiflung, als sie so durch den Wald raste, um Bäume herum, fest in Jacquots Armen, als die Lichtung hinter ihr unsichtbar wurde und da nur noch Stämme waren.

Dann waren sie auf dem Bergpfad, sie rasten den Hang entlang, der Sturm hatte etwas nachgelassen, sie saß quer auf Jacquots Schoß, hatte ihre Arme um ihn geschlungen, blickte noch einmal zurück zum Bergwald, wo kein Zugang mehr zum Tal mit der Hütte führte, wo die Bäume eine geschlossene Wand bildeten. Dann wanderte ihr Blick ins Tal hinab, nach – sie musste ihren müden Kopf anstrengen – nach *Bellefosse*, dessen Lichter jetzt unter ihr lagen. Süß kam die Ruhe über sie, sie ließ sich von Jacquot wie ein Ritter auf seinem Ross tragen, aber in die Ruhe war der Schmerz gemischt, weil ihr Vater für immer, für immerdar weg war. Sie bogen auf die Landstraße, sie fuhren nach Waldersbach, Jacquot musste immer wieder Schlenker machen, um kleinen und größeren Ästen auf dem Teer auszuweichen, es war wirklich ein kolossales Unwetter gewesen, sie schluchzte einmal auf, da strich er ihr beruhigend über den Rücken und sie begann erleichtert aufzuschluchzen, immer wieder, weil er gekommen war, und aus Trauer über ihren verlorenen Vater.

Dann waren sie in Waldersbach, überquerten die Schirgoutte und kamen die Rue de la Suisse herauf, auch hier überall abgerissene Äste in der Halbfinsternis der Nacht, die Kirche glitt wie ein großer dunkler Schatten vorbei, und da lag das alte, riesige Pfarrhaus da, im Licht einer Straßenlaterne. Der Regen hatte aufgehört, sie rollten auf den knirschenden Kieseln aus und Jacques machte den Motor aus und Lena sah: das Licht der Laterne fiel auf den Brunnentrog vor der Türe, und als sie mit zittrigen Beinen abstieg vom Motorrad, stand *er* an der Türe, sie sah ihn nur einen Augenblick, aber der genügte durchaus, um sie losprinten zu lassen: ihr VATER! Doch dann war er weg und Lena stürzte ihm nach, Jacquot rief etwas, aber Lena machte nur eine wütende, abwehrende Handbewegung und schoss ins Haus hinein.

In der halb erleuchteten Eingangshalle musste sie sich orientieren: links öffnete sich die Türe zu Pierres Arbeitszimmer, der bärtige Pastor Schaeffel erschien, er wirkte *dumm besorgt*, aber Lena hatte keine Zeit für sein sanftes Gesabbele! Ihr Vater war bereits am oberen Ende der Treppe angelangt, sie hörte seine Schritte poltern und flog ihm nach, hörte Pierre etwas rufen, aber da erklomm sie schon die steile Holztreppe zum ersten Stock, drei Stufen auf einmal, und war kaum drei Herzschläge später oben. Wieder musste sie sich kurz orientieren, aber da hörte sie schon ein Poltern hinter sich und wusste, er wartete in ihrem Zimmer auf sie; also wetzte sie los, den schmalen Gang hinunter, noch wenige Meter, dann würden sie endlich, endlich zusammen sein.

Die Türe zu ihrem Zimmer stand offen, sie riss sie auf und stürmte ins Zimmer hinein. Niemand war da, aber dann sah sie das offene Fenster, durch das der Wind hereinwehte und die Vorhänge blähte, tanzen ließ. Da trat sie ans Fenster und blickte hinaus und sah unten den Brunnentrog, gar nicht weit weg, und das Wasser plätscherte einladend, und sie wusste, ihr Vater wartete dort auf sie, es war gar nicht mehr weit; sie war ihm dort ja schon einmal begegnet, was war also leichter, als wieder zu ihm zu kommen? Also kletterte sie aufs Fensterbrett, der Wind zerrte an ihr, sie hielt sich aber am Rahmen fest und blickte ein letztes Mal auf den Platz mit den Kieselsteinen, auf den Brunnenstein unter ihr und das Motorrad daneben. Ich werde zu ihm gehen und mit einem *Platzen* unten landen, dachte sie, und dann stieß sie sich schwungvoll ab und schwebte hinaus in den Äther, aber genau da RISS etwas sie schmerzhaft zurück und sie spürte ein Blitzen vor den Augen und dann war Dunkel.

10

Lena schwamm in einem wohltuenden tiefen Bassin aus Schwärze. Es war ruhig in dem Steintrog. Sie war angekommen. Sie hatte gefunden, was sie gesucht hatte. Außer dem Gluckern von leise aufsteigenden winzigen Bläschen störte nichts ihren tiefen Frieden. So trudelte sie dahin, die Arme vor sich im Wasser treibend, ihre Haare über sich schwebend wie wabernde Seeanemonen. Kühl und brunnenhaft roch es, aber auf einmal mischte sich ein anderer Geruch in ihren Frieden hinein, der passte nicht hierher an diesen friedlichen Ort. Es war der Geruch von Leder, genauer gesagt einer Lederjacke, den hatte sie irgendwo vor langer Zeit schon einmal gerochen. Es war ein Geruch von Geborgenheit und Schutz, aber sie konnte beim besten Willen nicht herauskriegen, wo der Geruch herkam; auch erstaunte es sie, dass sie unter Wasser überhaupt etwas roch. Dann verschwand der Ledergeruch wieder, und das war auch gut so, da konnte Lena wieder ruhen.

Dann hörte sie von oben, von außerhalb des Brunnensteins, eine ganz weit entfernte Stimme, die sie rief. Lena, rief sie weit weg, fast unhörbar. Lena. Es war eine Frauenstimme, eine, die sie mochte, das wusste sie. Wer sie da rief, wusste sie nicht. Aber warum sollte sie sich überhaupt in ihrer Ruhe stören lassen?

Dann war es kurz sehr dunkel.

Dann schlug sie die Augen auf.

11.

Mme Schaeffel saß neben ihrem Bett. Sie hatte kein Buch in den Händen, sondern hielt die Hände im Schoß gefaltet. Das fiel Lena auf. Sie sah müde und erschöpft aus. Ihre Augen waren gerötet.

Die Pastorsfrau sagte gar nichts. Wartete ab, während Lena ihre Blicke durch das Zimmer wandern ließ; das helle Sonnenlicht, das hereinflutete; ihre tropfnassen Kleider, die im warmen Licht zum Trocknen über einem Holzständer hingen; Lena betastete ihr Nachthemd, begriff, dass man sie wieder entkleidet hatte; dann hob sie den Kopf etwas, sah am Haken an der Türe eine vertraute Lederjacke hängen, überlegte. Mme Schaeffel drehte den Kopf mit einer schnellen, nervösen Bemerkung zum Kleiderständer, begriff und setzte ein halbes Lächeln auf. «Jacquot... Er ist die halbe Nacht bei dir gesessen. Jetzt frühstückt er unten.» *Jacquot.* Lena erinnerte sich und lächelte schwach, es war ein schönes Gefühl, zu lächeln und zugleich die Lederjacke anzusehen. Dann runzelte sich aber ihre Stirne. «Was...?» begann sie und setzte wieder ab. Starrte ins Zimmer. Versuchte, ihre Gedanken zu sammeln. Da purzelten so wilde, so unheimliche Bilder auf sie ein, dass es ganz verstörend war und sie hilfesuchend zu

Mme Schaeffel sah. «Shhhhhh», sagte die schnell. «Nicht zu viel nachdenken.» Lena nickte erschöpft. Dann atmete sie tief durch und sagte eine Weile gar nichts.

Dann hob sie wieder den Kopf. «Wird es gut werden?» Mme Schaeffel schaute sie lange an, zögernd. Lena sah jetzt, dass sie geweint haben musste – *gestern? Heute? Heute Nacht?* Die Zeit war ihr ganz verrutscht. Dann nickte die Pastorsgattin kurz. «Ja, ja. Ich denke doch. *Hoffentlich.*» Sie wich aber ihrem Blick aus, und das war unheimlich.

«Das heißt, es ist mir nicht gutgegangen?» Mme Schaeffel schüttelte schnell den Kopf. Aha, dachte Lena. Aha. Nicht gutgegangen. Aber was musste jetzt kommen? Oh ja, da war etwas, das musste sie tun. Lena kramte in ihrem Gedächtnis, dann erinnerte sie sich. Es war eine kalte, unschöne Erinnerung, aber sie hatte sie schon zu lange herumgetragen, zu lange unter der Erde verscharrt gehabt. Und jetzt musste sie es sagen. Sie zögerte natürlich, weil sie genau wusste, dass Mme Schaeffel furchtbar erschrecken würde, wenn sie ihr alles erzählt haben würde, alles, was sich an jenem Morgen in Frankfurt zugetragen hatte. Wenn es einmal heraus war, wäre ihr Asyl vorbei. Dann mussten die netten Schaeffels die Polizei rufen und die Dinge würden ihren unvermeidlichen Lauf nehmen. Also zögerte sie. Aber musste einmal heraus.

«Ich muss Ihnen etwas erzählen. Es ist so... Bevor ich von Frankfurt aufgebrochen bin...» Mme Schaeffel beugte sich rasch vor. «Streng dich nicht an...» «Ich *will* aber.» Mme Schaeffel lehnte sich wieder zurück, verschränkte die Arme. Wartete. «Also... an dem Morgen... da habe ich... Wir hatten einen Streit, meine Mutter … Und da habe ich …» Lena starrte Mme Schaeffel verzweifelt an. Die half ihr. «Du hast etwas Schlimmes getan?» Lena nickte, und Tränen schossen ihr in die Augen. Tränen der Verzweiflung, aber auch der Erleichterung, dass sie es nicht mehr mit sich alleine ausmachen musste, dass es ausgerechnet diese Frau war, der sie alles gestehen konnte. Und jetzt nahm Mme Schaeffel sogar ihre Hand, da ging alles noch viel leichter. «Ich habe mich mit meiner Mutter angeschrien … Sie wollte mich nicht fahren lassen nach Waldersbach … aber ich musste doch, wegen der Seminararbeit, so lange habe ich die Reise vorbereitet, verstehen Sie? Es ist doch schon Mai! Bald ist Zeugnis! Da wurde ich wütend, oh SO wütend …» Die Augen der Pastorsgattin flitzten von ihrem Gesicht zur Bettdecke und zurück, aber sie ließ ihre Hand nicht los, also redete sie weiter. «Und dann habe ich die schwere Blumenvase genommen, die mit den roten und weißen Rosen … Und als sie sich weggedreht hat … habe ich sie ihr, so fest ich konnte …» Jetzt kippte ihre Stimme doch, das klang so fremd … «Sie lag dann da … überall war Blut … Da bin ich weggelaufen …»

«Zum Bahnhof.»

«Ja, ich hatte ja alles vorbereitet. Und ich musste doch den Zug erreichen. Verstehen Sie?»

Frau Schaeffel räusperte sich, blickte noch einmal nach rechts und links.

«Lena?»

«Ja.»

Mme Schaeffel strich ihren Rock glatt. Dann beugte sie sich etwas vor. Sie wirkte verlegen, unsicher. «Also, Lena.

Würdest du mir glauben, wenn ich dir sagte, dass es deiner Mutter gut geht?»

Lena starrte sie nur an. Dann sagte sie langsam: «Das kann nicht sein. Ich weiß, was ich getan habe. Ich habe das Blut gesehen und ihren Kopf. Die Rosen am Boden. Die Vase. Wie kann es ihr gut gehen?»

Mme Schaeffel hob die Augenbrauen: «Es stimmt aber, o.k.?»

Lena sagte erst mal gar nichts.

Mme Schaeffel sammelte sich. Dann drehte sie ihren Kopf zu dem Mädchen. «Soweit ich das verstanden habe... und ich kenne mich *wirklich* nicht aus...» Sie blickte sich hilfesuchend um, dann schaute sie wieder zu Lena. «Es ist so, dass du manchmal Dinge siehst oder hörst, die... die *nicht wirklich da* sind. Obwohl sie dir wirklich vorkommen. Kann das sein?» Lena sagte gar nichts, wartete. «Oder dass du manchmal *glaubst*, etwas passiert, obwohl es nicht oder nicht so passiert?»

Lena saß mit offenem Mund da, überlegte... Sie überlegte eine ganze Weile. Die purzelnden Bilder... vielleicht... Sie schaute Mme Schaeffel ungläubig an. «Sie sagen, ich hab 'nen Knall?»

Mme Schaeffel zögerte. «Ähm... nein. Das gibt es ab und zu. Man nennt das... temporäre Wahnvorstellungen.»

Das Wort hing im Raum und war fremd und unheimlich und machte Lena Angst. Mme Schaeffel merkte das und ergriff wieder ihre Hand.

«Das kann aber wieder gut werden, weißt du?»

«Und meine Mutter?»

«Du hattest nur einen Streit mit ihr, einen heftigen.

Aber du hast ihr nichts getan. Das andere... das hast du nur geglaubt, weißt du? Du bist nur mit deinem Rucksack hinausgestürmt und hast die Türe zugeschlagen. Erinnerst du dich nicht?»

Lena ließ das einsinken. Rief sich alles ins Gedächtnis, erlaubte sich zum ersten Mal seit damals, den engen Gang der Diele, die Schwere der dicken Metallvase in der Hand, welche sie vom Posttischchen neben der Eingangstüre ergriffen hatte, den Hinterkopf ihrer Mutter, die fliegenden Blumen, die klaffende Wunde, die hingekrumpfelte Gestalt ihrer Mutter am Boden, und alles überragend die unbändige Wut, die sich so lange aufgestaut hatte. Dann, die Entscheidung, das Rennen-ins-Zimmer, das Verstecken-des-Handys.

Und das sollte nun nicht wirklich passiert sein? Lena schüttelte langsam den Kopf.

«Aber... woher *wissen* Sie das alles?»

«Das, was du hast?» Sie blickte um sich. «Er sitzt unten, aber...»

«Wer er...?»

«Sebastian Lavatte...»

Aha, dachte Lena.

«Wir sind hier abwechselnd gesessen, die ganze Nacht, Jacquot und Pierre und er. Und ich», fügte sie verlegen hinzu.

«Und Monsieur Lavatte...?»

«Hat einige Semester Psychologie studiert, als er jünger war. Wir haben mit ihm geredet. Er hat ein paar Kollegen angerufen. So haben wir das alles zusammengestöpselt, weißt du?»

Lena sank erschöpft zurück. Lavatte. Psychologie. *Wahnvorstellungen.* Ihr schauderte, und sie schloss die Augen. Der Sog des Schlafes ergriff sie sofort schmeichelnd und mächtig, wie ein überwältigendes *Summen* in ihrem ganzen Körper, und er war willkommen. Sie riss sich aber zusammen und öffnete mit großer Kraftanstrengung die Augen wieder. Mme Schaeffel saß nicht mehr, sie war aufgestanden und bereits halbwegs zur Türe geschlichen.

«Ich schlafe noch nicht.»

«Du sollst aber.»

Lena spürte, dass sie das sollte.

«Aber meine Mutter…?»

«Du kannst mir glauben. Sie hat angerufen.»

«Echt? Wann?»

«Am Abend, wo du ankamst.»

Lena runzelte die Stirn. «Aber woher wusste sie, wo…?» Doch dann wurde es doch zu viel, das Zimmer machte einen kleinen Ruck zur Seite, schaukelte sanft. Da schüttelte sie erschöpft den Kopf und wischte die anstrengende Pastorsgattin weg aus der Zimmermitte, mit letzter Kraft, und schloss endlich die Augen und versank in einem mächtigen, aber ruhigen Maelstrom.

12

Eine Woche später umarmte Lena zum letzten Mal für eine längere Weile die Lederjacke. Jacquot fuhr sie mit seinem Motorrad zum Bahnhof von Fouday. Dort würde sie den Zug nach Straßburg nehmen, danach weiter. Während die warme Mailuft sie umflatterte (und Jacquot einen Umweg über Bellefosse und Blancherupt machte, sie hatten ja noch Zeit), dachte Lena nach. Sie dachte viel nach in der letzten Zeit.

Es war eine erstaunliche Geschichte gewesen, die sie da gehört hatte, vor allem, da sie sich ja um sie selber drehte. Sie erfuhr staunend, dass die Schaeffels kein Baby hatten («in unserem Alter?» Mme Schaeffel lächelte verlegen) und dass kein Brunnentrog vor der Türe stand. Und dass natürlich kein anderer Gast im Zimmer auf dem Gang wohnte. Dass das aber alles Dinge waren, die im Lenz vorkamen. So viel hatte Lena natürlich selber kapiert, und auch, dass sie es ihr *vorsichtig* beibrachten, in kleinen Portionen, damit sie *besser damit umgehen* konnte – Lena war nicht *blöd*. Während Lavatte dies und das erklärte und Pierre und Sylvie ergänzten, lief in Lenas eigenem Kopf ein anderer Film ab. Da hielt Lena vorsichtig viele kleine Details der letzten Tage, viele Momente und Erlebnisse, ans Licht des Tages und fragte sich, was davon wirklich geschehen war. Und was nicht. Und dieses Prüfen ging weiter, auch in den nächsten Tagen, wo sie sich erholt und einmal kurz mit ihrer Mutter telefoniert hatte (aber nur wirklich kurz, das mit ihrer Mutter musste noch etwas warten); wo sie mit Jacquot zwei Ausflüge unternommen und zweimal seine Hand gehalten hatte; das Prüfen würde, da war sie sicher, noch eine ganze Weile weitergehen, Lena konnte der Realität nicht mehr trauen, vorerst nicht.

Diese unheimlichen Anfälle, erklärte Lavatte ihr, sie seien genau das, was man sie nannte, nämlich temporär, und würden, so lehrte die Erfahrung, zumeist für immer verschwinden. Auch wenn Lena sich das jetzt nicht vorstellen konnte. Man konnte dem mit Therapie nachhelfen und auch mit Tabletten, und sie hatte von einem Arzt ein paar solche bekommen, während sie schlief, und deshalb hielt die Realität im Moment *ein wenig fester zusammen*. Aber vorerst... vorerst musste sie wachsam sein.

Das merkte sie, als sie wieder aufgestanden war und ihre Umgebung ganz neu entdeckte. So fand sie jetzt es auf dem Friedhof von Waldersbach auch nach längerem Suchen kein Grab der Mme Oberlin (aber es gab früher eines! In der Marburger Ausgabe erwähnt! Sie erinnerte sich), und auch das Lied mit den heilgen Schmerzen und den Bronnen suchte sie vergeblich im sehr prosaischen und gar nicht alten Gesangbuch, welches in der Kirche auflag. Allerdings, den Ofen in der Kirche gab es wirklich und die staubige Orgelempore auch. Nicht jedoch das Café des Vosges, das war auf Google Earth eingetragen gewesen und hatte schon seit vielen Jahren zugemacht. Es war also gar nicht so einfach, die Dinge auseinanderzupflücken; es erforderte viel Sorgfalt und Zeit. Und sie musste es selber tun, denn die Erwachsenen waren da nicht wirklich hilfreich. Zum Beispiel, als es um die Hütte im Tal ging. Sie sagten dann gleich etwas von zeitlicher Verzerrung und benutzten wieder dieses unheimliche Wort – *Wahnvorstellungen*. Zum Glück gab es Jacquot. Er, mit dem sie später darüber sprach, als sie am Champ du Feu lagen und er ihre Hand zum zweiten Mal hielt, er sah das naturgemäß etwas anders. Er wusste von der Legende, für ihn machte das alles viel mehr Sinn. Lena hatte etwas gesehen, was andere vor ihr gesehen hatten. Und er wusste von mindestens zwei anderen Legenden der Vogesen, wo für die Protagonisten der Abenteuer viel mehr Zeit zu verstreichen schien als für die Umgebung. Und umgekehrt. Das passte gut in sein Weltbild.

Jacquot hatte übrigens die Hütte selber nicht gesehen. Und das Tal, wollte Lena wissen? Nein, meinte Jacquot, kein Tal und auch keine Lichtung, schon gar keine Hütte; Lena sei mitten im Wald zwischen Bäumen gestanden, in höchster Lebensgefahr, denn der Sturm, der schon fast ein Orkan war, hatte bereits zwei Bäume in ihrer unmittelbaren Nähe umgerissen. Also musste er schnell handeln und sie – trotz ihres Widerstandes – auf sein Motorrad schleppen. «Das ging ganz gut, schwer bist du ja nicht. Aber weißt du», sagte Jacquot, «nur weil ich das Tal und die Hütte nicht gesehen habe, heißt das noch nicht, dass sie nicht da waren.» Er hatte keine Probleme mit ihren Fantasieerlebnissen und fand das Wort temporäre Wahnvorstellungen beleidigend. Und das war gut so. Auch, dass es

Jacquot gewesen war, der ihr ins Zimmer nachgehastet war und sie am Zimmerfenster in letzter Sekunde zurückgerissen hatte, als sie eigentlich schon draußen war, das war irgendwie angemessen. «Ritter auf dem Motorrad» nannte ihn Lena einmal kurz, und damit konnte Jacquot gut leben.

Aber trotz aller Klärung, sie musste *höchst* wachsam bleiben. Dass nicht sofort alles in Ordnung war, ja sein konnte, darauf hatte Lavatte sie vorbereitet. Aber es passierte auch so noch genug, um sie zu erschrecken. Zweimal hatte sie aus ihrem Schlafzimmerfenster den Brunnenstein draußen gesehen, so real wie den Volvo von M. le Pasteur, der daneben geparkt stand; einmal war Friederike mit flatternden Haaren durch die Küche gerannt, direkt an ihr vorbei, dass sie fast ihren Kaffee fallen gelassen hätte vor entsetzlichem Schrecken. Und da war diese furchtbare Nacht, als plötzlich der Schatten an ihrem Bett stand, mit blassen, halb abgewandtem Gesicht und schwarzen Locken, und sie bis zum Morgen nicht mehr einschlafen konnte. Aber sie sagte den Schaeffels nichts. Das musste sie mit sich alleine ausmachen. Und mit Jacquot.

Den nützlichsten Rat, noch wichtiger als Therapie und Tabletten, hatte ihr sowieso Jacquot gegeben. Als sie bei einer Fanta im Café saßen und auf den flirrenden Frühsommernachmittag draußen schauten, der zur Türe hereinwehte, als Lena in ihren Schinken-Käse-Toast biss und in Zuhörlaune war, da druckste er erst eine Weile herum und meinte dann, er finde, Lenas Vater sei ein ziemliches Aas. Lena fuhr herum und starrte ihn an, aber er redete einfach weiter und sagte, so einfach zu verschwinden, sich nie zu melden, klar, bei Lenas Mami würde er's ja verstehen, aber bei ihr? Ein E-Mail, ein Anruf? Ein Besuch? Wie schwer sei das eigentlich? Wenn er sie wirklich so gerne hatte, wie sie immer glaubte? Lena war schockiert, aber Jacquot redete immer noch weiter und sagte, wenn sie seine Meinung hören wollte, ihre Mami sei zwar vielleicht manchmal ein wenig mühsam, klaro, aber sie sei zumindest immer für sie da gewesen und hätte sich den Arsch für sie abgearbeitet. Und der Herr Papa sitze inzwischen irgendwo in New York oder Oslo und lasse es sich gut gehen und lecke seine Wunden. Und kümmere sich einen Dreck um seine Tochter. Jetzt wurde Lena aber echt böse und packte seinen Arm und grub ihre Fingernägel hinein und zischte, er solle so was nicht sagen. Aber er ignorierte ihre Krallen einfach, nahm einen Schluck von der Fanta und meinte, wenn er sie wäre, würde er jetzt aufhören, darauf zu warten, dass Papi käme und alles gut mache. Das habe sie die letzten Jahre gemacht und wo habe sie das hingeführt? Nirgendwohin.

Und Lena ließ seinen Arm langsam los und starrte aus dem Fenster und sagte eine Weile nichts. Aus dem Radio dudelten französische Schlager, aber das nahm Lena kaum war. Dann drehte sie sich langsam wieder zu ihm, erwischte ihn dabei, wie er eben ihre Schinken-Käse-Toast-Reste aufaß und verlegen lächelte. Und dann strich sie beiläufig über die roten Kratzmale an seinem Arm und fragte ihn (sehr ruhig), was er an ihrer Stelle tun würde.

Den Mistkerl suchen, hatte er mit vollem Mund gesagt.

Und so waren sie auf Jacquots Handy ins Internet gegangen und hatten eine sehr aufschlussreiche halbe Stunde verbracht, und nach fünfunddreißig Minuten hatten sie den Mistkerl gehabt. In Paris war er untergetaucht, unter seinem normalen Namen, er hatte sich nicht einmal besonders viel Mühe gegeben, seine Spuren zu verwischen. Das war so einfach gewesen, dass Lena sich ernsthaft fragte, warum sie es eigentlich nie zuvor versucht hatte, und alleine dieser Umstand verriet ihr, wie sehr sie in Erstarrung verharrt war. Und weil Jacquot so gute Ideen hatte, fragte sie ihn auch gleich, was sie jetzt als Nächstes tun sollte, und da meinte er, von Straßburg nach Paris wäre man nur zweieinhalb Stunden unterwegs, und von dort könne man auch nach Frankfurt kommen, oder?

Es liege also wirklich nur an ihr.

Und so war sie wirklich aufgebrochen und hatte die letzte Runde mit Jacquot gedreht, auf das Champ-de-Feu und von hinten in das Tal von Blancherupt. Nun war es so weit, sie kamen an jene Stelle, wo das Motorrad beim letzten Mal so abrupt stehengeblieben war. Jacquot und sie hatten das natürlich auch besprochen, was damals eigentlich genau geschehen war, bei jenem zweiten Picknick oben auf dem Champ-de-Feu, als es ihr besser ging und als Jacquot ebenfalls ihre Hand festgehalten hatte. Sie hatten zu den fernen Schneefeldern geblickt und waren zu dem Schluss gekommen, dass es eben nicht einfach erklärbar war. Jacquot hatte ihr mit einem Seitenblick auf das am Waldrand geparkte Motorrad auch gestanden, dass er in den letzten Tagen nicht zu jener Stelle auf der D 57 gefahren war. Er hatte eine unerklärliche Scheu gehabt. Er wollte es lieber gemeinsam angehen. Und Lena konnte das gut verstehen.

Aber jetzt konnten sie nicht mehr anders, der Moment der Entscheidung war da. Jetzt, als die Höhen des Steintales zurückwichen und dem quer verlaufenden Beustal Platz machten, wo sich der Weg öffnete nach Fouday und Rothau und dahinter nach Straßburg und Frankfurt und die ganze Welt, da wandte Jacquot den behelmten Kopf zu ihr, sie grinste unter ihrem Helm zu und nickte, halb gegen seinen Rücken, und er beschleunigte so *unanständig* schnell, dass ihr ganz schwindlig wurde dabei, trotzdem war sie im Kopf ganz vernünftig, es war ein neuer Aufbruch in ihr und eine Fülle, sie fühlte keine Angst mehr, auch kein Verlangen, nur Ruhe. –

Und so kamen sie zur unsichtbaren Barriere.

Und durchbrachen sie.

Und schwebten.

So flog sie dahin.

Aus dem Verlagsprogramm

Eduard von Habsburg-Lothringen
Wo Grafen schlafen
Was ist wo im Schloss und warum
2011. 144 Seiten mit 12 Illustrationen
von Reinhard Blumenschein. Halbleinen

Was ist wo im Schloss und warum? Was ist ein Schloss? Wodurch unterscheidet es sich von einer Burg, einem Stadtpalais oder einem Herrenhaus? Eduard von Habsburg-Lothringen lädt in diesem Buch zur Besichtigung des «idealen Schlosses» ein, in dem wir all dem begegnen, was sich in zahllosen Spielarten in den realen Schlössern unserer Lande wiederfindet. Tausende von Schlössern stehen in Deutschland, Österreich und der Schweiz. Sie haben die Größe eines besseren Hauses oder aber die Ausdehnungen einer Kleinstadt, sie sind viereckig, rund oder sechseckig, haben einen Innenhof oder nicht, werden von Wassergräben umgeben oder nicht. Auf einem imaginären Rundgang durch Salons und Gänge, Schlaf- und Speisezimmer, Bibliotheken und Schlossküchen, vorbei an Gemälden und Gobelins, Speichern und Gespenstern lernen wir das Schloss (und alle Schlösser) mitsamt seinen Bewohnern und Lebenswelten kennen. Wir übernachten in uralten Betten, räumen Zimmer leer und richten sie neu ein, schlagen uns mit nicht vorhandenen Kanalisationen und maroden Dächern herum – und beginnen nach und nach zu ahnen, warum im Schloss genau diese Möbel, diese Gerüche, diese Zimmerfluchten vorzufinden sind. Vergangenheit, Gegenwart und Zukunft im Schloss werden lebendig. Nicht zuletzt bekommen wir eine Ahnung davon, dass so ein Schloss gelegentlich ein recht unwohnlicher Ort sein kann.

«Jeder Mensch sollte in einem Schloss leben. Eduard von Habsburgs Schlossführer entwirft das Bild einer Lebensform, die mit Sehnsucht erfüllt. Der Autor kennt viele Schlösser Europas von innen, aber er hat selbst keins – das gibt ihm den scharfen, ironischen Blick.» Martin Mosebach